SOPHIE MARVAUD

illustré par

PIOU PIOU

LE MONSTRE DU BASSIN D'ARCACHON

SO AVENTURE !

DANS LA MÊME COLLECTION

Au secours, Néandertal revient en Périgord!
Sophie Marvaud – SO Aventure, 2021

L'Espion qui habitait La Rochelle
Olivia Dupuy – SO Aventure, 2021

On a perdu Einstein au Pays basque!
Olivia Dupuy – SO Aventure, 2021

Création graphique et travail éditorial: Pierre Moquet
Ce livre a été imprimé par CPI France (163709)
N° ISBN: 978-2-8177-0822-5

Vacances hyper périlleuses

Charly, tu as lu ma petite annonce ?

Perchée sur le siège du conducteur, Mamisa tourne le grand volant vers la gauche. En même temps, elle tourne la tête vers moi, assis à sa droite. Un autre camping-car surgit face à nous. Je crie.

— Attention !

Avec flegme, ma grand-mère rectifie sa trajectoire pour effectuer un croisement sans dommages.

— Bien sûr que je fais attention. Mais tu l'as lue, Charly ?

La tablette sur les genoux, je parcours de nouveau les quatre lignes, serrées dans une colonne étroite. Sur cette page du journal, on propose des appartements à louer, des heures de ménage et des voitures d'occasion. On cherche une nounou de toute urgence ou bien le Grand Amour.

Mamisa a fait paraître une petite annonce très différente :

> Enquêtes **DISCRÈTES** et (presque) gratuites! Paiement au choix: fruits de votre jardin, écharpe tricotée main, embrassade chaleureuse, débouchage d'évier. Contactez-nous à l'adresse suivante: isa.bourlinguette.et.son.equipe@camping-car.fr

— Voilà, Mamisa, je l'ai lue.

— Mais tu en penses quoi ?

Embarrassé, je me tortille sur mon siège.

— Euh… C'est une annonce très originale.

— Et à part ça ?

— Tu n'as pas fait de faute d'orthographe.

Appuyée au volant, elle rit.

— Ne sois pas timide, Charly. Dis-moi ce que tu en penses. Je ne me vexerai pas.

Je respire un grand coup.

— Tu veux devenir enquêtrice, Mamisa ? À ton âge ?

Ma remarque semble la décevoir.

— Bon, ok. 65 ans, c'est impressionnant quand on en a 11. Mais c'est très jeune, si on compare à 112 ans ! J'ai la chance d'être en bonne santé. J'ai décidé que je me sentirai vieille à 92 ans.

— Pourquoi 92 ?

— C'est l'âge auquel ma mère a commencé à avoir des rhumatismes. Je ne peux pas faire moins bien qu'elle !

Comme je préfère une jeune mamie à une mamie qui se trouve vieille, j'ai acquiescé.

— Et puis, tu sais, Charly, il est temps que j'arrête de m'ennuyer dans la vie !

Mamisa m'en a déjà parlé. Son travail ne l'intéressait pas du tout. Si j'ai bien compris, elle donnait des coups de tampon sur des papiers qu'elle n'avait pas le temps de lire. Son chef lui disait : « Mme Bourlinguette, vous pouvez tamponner ce papier, s'il vous plaît ? » Et, même si ça ne lui plaisait pas, elle devait donner son coup de tampon. Tout ça du matin au soir, pendant 40 ans ! Pauvre Mamisa…

— Je comprends très bien que tu n'aies plus envie de t'ennuyer ! Mais tu n'es pas obligée de mener des enquêtes ! Tu pourrais…

Elle m'interrompt en faisant une horrible grimace :

— Tricoter ? Faire la cuisine ? Arroser des géraniums ?

— Pas forcément ! Tu pourrais… Tiens, par exemple, aider des gens à remplir des papiers.

— Des papiers ! Encore des papiers ! Rien que d'y penser, je sens que je vais développer un Alzheimer. Non, Charly, je me suis réveillée un matin avec cette idée géniale. Enquêtrice, c'est ma vocation. Un point, c'est tout.

Parfois, mon père dit que je suis une vraie tête de mule. Mais il ajoute toujours que je tiens ça de sa mère à lui. C'est-à-dire Mamisa.

J'ai bien compris le message. Inutile d'insister.

C'est pourtant elle qui revient à la charge.

— Mais, Charly, dis-moi… Qu'est-ce qui te gêne exactement, là-dedans ?

Cette fois, j'explose.

— Mamisa, tu ne te rends pas compte ! Cette activité est atrocement dangereuse ! Tu peux tomber sur des chiens méchants, des trafiquants féroces, ou même de lâches terroristes !

Elle se tourne vers moi pour me lancer un grand sourire. Elle est visiblement soulagée.

— Ne t'inquiète pas, mon Charly chéri, j'y ai bien pensé. Mais je suis de taille à me défendre, ce n'est pas ça le problème. Le vrai problème, ce sont tous ces gens qui s'imaginent que je suis trop vieille pour réaliser ma vocation. À 65 ans à peine… Quand je viens juste d'obtenir ma libération de cette horrible usine de papiers à tamponner… Tu comprends, je n'ai pas eu la chance de faire les études que je voulais. Et ce que je voulais, moi, c'était être commissaire de police !

Mamisa se met à siffloter le générique d'une série policière, au rythme des virages et des coups de volant. Elle semble tellement heureuse que je n'ose plus rien dire. À la place, je gigote des orteils. Un petit truc qui me détend quand je commence à stresser.

Elle va forcément se mettre en danger. Et qui va être obligé de la protéger ?

Moi, évidemment !

40 objets indispensables

La semaine dernière, mes parents m'ont demandé si je voulais passer le début des grandes vacances avec Mamisa. Eux ne peuvent pas partir en ce moment, à cause de leur travail.

J'ai pensé que ma grand-mère allait m'accueillir chez elle. J'ai accepté avec enthousiasme, sans réaliser l'énorme risque que je prenais.

Au téléphone, Mamisa a fait sa mystérieuse. Elle venait de déménager et elle ne voulait pas préciser où. Elle disait qu'on allait l'apprendre bientôt, dès qu'elle viendrait me chercher. Mes parents ont cru qu'elle voulait contempler en direct notre joyeuse expression de surprise.

Il y a une heure exactement, Mamisa a sonné à la porte de l'appartement, comme prévu. Elle m'a serré dans ses bras avec enthousiasme.

— Tout va bien, mon Charly chéri ? Tes bagages sont prêts ?

Je me suis tourné pour lui présenter mon sac à dos, bourré à craquer.

— Parfait. Tu n'as pas oublié ton maillot de bain ? Ni un bonnet de laine ? Ni la lampe de poche à manivelle que je t'ai offerte pour ton anniversaire ?

La veille, elle m'avait envoyé une liste intitulée :

**Quarante objets indispensables
pour de bonnes vacances
partout sur Terre**

— Un maillot ET un bonnet chaud ? Mais il est où, ton nouvel appart, Mamisa ? En Islande au pied d'un volcan ? a plaisanté Papa.

Ma grand-mère a éclaté de rire.

— Beaucoup moins loin !

Elle nous a entraînés sur le balcon. Mais ce n'était pas pour désigner un chalet sur la colline d'en face. Au contraire, elle s'est penchée au maximum, en se tordant le cou.

— Vous voyez, devant la Poste, le superbe éléphant blanc qui transporte des vélos ?

— Tu as loué un camping-car ? s'est exclamé Papa.

— Absolument pas. Je l'ai acheté. C'est ma nouvelle maison.

— QUOI ? Tu as l'intention d'habiter dans un camping-car ?

— Exactement ! Il y a tout le confort, tu sais. Même le chauffage et la clim.

— Ça a l'air très fonctionnel, a confirmé Maman. Mais tu as réussi à mettre toutes tes affaires à l'intérieur ?

Ma grand-mère a ri de plus belle.

— Je dois reconnaître que ça n'a pas été facile de faire le tri. J'ai pris conscience que j'avais accumulé beaucoup trop de choses dans ma vie. Je me suis installée sur le trottoir devant chez moi et j'ai presque tout donné. C'était une journée merveilleuse. J'ai fait plein d'heureux.

Papa est devenu tout pâle.

— Et ta collection de 33 tours ?

— Une jeune fille charmante l'a emportée. Elle étudie la manière dont les plantes poussent en fonction de la musique. Il paraît que les cactus préfèrent le slam. Ça a l'air passionnant.

— Tu lui as laissé tous tes disques vinyles... a répété Papa qui semblait prêt à tomber dans les pommes.

— Que veux-tu, il fallait que je choisisse entre ça et ma collection d'écharpes. Les écharpes sont beaucoup plus utiles.

Moi aussi, j'étais surpris par la manière radicale dont ma grand-mère avait changé de vie en prenant sa retraite. Mais s'il y avait un truc que je ne regrettais pas, c'était son appartement d'avant (un rez-de-chaussée avec vue sur la rocade).

— Bon, mes enfants, dit Mamisa en s'adressant à mes parents. J'adore papoter avec vous, mais je crois que j'ai oublié le parcmètre... Je vous souhaite une excellente semaine. Travaillez bien ! Allez, tu viens, Charly ?

Curieux de découvrir le camping-car, je me suis empressé de la suivre sur le palier.

— On va où, Mamisa ?

— Ah, ah… Surprise, surprise !

— Vous partez loin ? a demandé Papa, l'air inquiet.

— Non, non…

— Vous nous appelez bientôt pour dire où vous êtes ? a demandé Maman en souriant.

— Oui, oui…

— Bonnes vacances, Charly, a dit Maman.

— Soyez prudents ! a supplié Papa.

Et maintenant me voilà, assis à l'avant du camping-car, surveillant du coin de l'œil la conduite de ma grand-mère.

En attendant de savoir où on va, elle fonce vers l'entrée de l'autoroute.

— Charly, tu peux regarder ma messagerie ? Il serait temps de savoir si quelqu'un a répondu à ma petite annonce. C'est peut-être mieux que je ne consulte pas la tablette tout de suite…

— Ah oui, beaucoup mieux ! C'est quoi ton code ?

— Elephantblanc65.

— Tu as trois réponses, Mamisa.

Elle saute de joie dans son siège.

— Trois réponses ? Mais c'est CONSIDÉRABLE ! Tu me les lis ?

Je m'exécute :

Chère Madame, je fais suite à votre petite annonce du 2 juillet. J'ai besoin de savoir ce que fait ma femme chaque lundi de 17 heures à…

— Pas question ! s'écrie Mamisa, si fort qu'elle me fait sursauter.

— Tu m'as fait peur !

— Je refuse catégoriquement de me mêler des problèmes de couple. Lis-moi le message suivant, s'il te plaît, Charly.

— D'accord.

Bonjour Mesdames et Messieurs, désolée de prendre de votre temps très précieux mais votre petite annonce est un signe du ciel. Mon chat a disparu il y a trois jours et trois heures, juste après que j'ai voulu essayer les nouvelles croquettes Minou-Miam…

— Je m'ennuie déjà, m'interrompt Mamisa. Je te parie que la voisine de cette dame est bonne cuisinière. J'espère que le dernier message est plus intéressant.

Moi aussi, je suis déçu. Je passe au suivant.

Bonjour Madame Bourlinguette, aimez-vous les huîtres ? Si oui, je vous invite à dîner quand vous voulez, vous et votre équipe, pour vous ex-

pliquer toute l'affaire. En résumé, je soupçonne le bassin d'Arcachon d'abriter un cousin du monstre du Loch Ness. À bientôt j'espère.

Paul Laperle

— Génial ! s'écrie Mamisa, presque en même temps que moi.

Mais elle ajoute :

— J'adore les huîtres !

Et moi :

— J'adore les monstres qui n'existent pas !

Espions du monde entier

Le siège est tellement confortable que je me suis endormi. Je me réveille parce que Mamisa a coupé le moteur. Et aussi parce que des lumières violettes et orangées m'arrivent en plein dans les yeux.

Je dois mettre ma main en visière pour découvrir, dans le soleil couchant, un parking de deux places, au fond d'un cul-de-sac désert.

— Bien dormi, Charly ? Je t'ai laissé faire la sieste parce qu'on risque de veiller tard.

— On est où ?

— Au village de l'Herbe, sur le bassin d'Arcachon. On va dîner chez Paul Laperle. Prends de quoi te couvrir. Tu peux rester pieds nus, mais emporte tes sandales. Et deux paires de chaussettes chaudes.

— Pourquoi deux paires ?

— Rien n'est plus utile que des chaussettes, à égalité avec les écharpes ! Crois-en mon expérience.

Pour l'instant, il fait très bon, ni trop chaud ni trop froid. Intrigué par ces recommandations contradictoires, j'obéis. Après avoir rassemblé mes affaires dans mon sac à dos, je saute du camping-car.

Mamisa attrape un grand panier d'osier, fermé par deux couvercles en forme de demi-cercles. Elle le trouve plus pratique qu'un sac à dos, je me demande bien pourquoi. Elle glisse dedans un mince calepin noir qui ferme avec un élastique et un stylo à quatre couleurs.

Sur un point au moins, elle a raison : le sable commence juste après l'emplacement du parking. Les grains tièdes s'immiscent entre mes orteils et massent mes plantes de pied. C'est délicieux.

Ça sent les aiguilles de pin. En me plaçant à l'ombre, je découvre la vue, époustouflante : un village de toits de tuiles, serrés les uns contre les autres. Au-delà, des centaines de petits bateaux blancs, qui flottent sur les eaux bleues, violettes et orangées.

D'ici, le bassin d'Arcachon ressemble à un lac immense. De quoi abriter une famille entière de monstres marins.

— Waouh, c'est beau… murmure Mamisa, ravie. Une enquête mystérieuse dans un décor de rêve, que demander de plus ?

Nous dévalons un escalier et traversons une petite rue. Nous sommes plongés dans la pénombre. Les derniers rayons du soleil n'arrivent pas à nous suivre dans les ruelles étroites. Nous avançons prudemment. Je sens juste que nous marchons toujours sur du sable.

Quand mes yeux se sont habitués, je découvre de tous côtés des maisons en bois, sans étage, aux portes et fenêtres peintes de couleurs vives. Elles sont à peine plus hautes que les tiges des roses trémières qui poussent un peu partout.

— Ces cabanes sont très anciennes. Elles sont toujours habitées par des pêcheurs et des ostréiculteurs, explique Mamisa.

Nous débouchons sur une petite place où quatre vieux messieurs agitent les bras. Je crois d'abord qu'ils font de la gymnastique. En fait, ils commentent la partie de boules qui vient de s'achever.

Ma grand-mère met sa main devant sa bouche et s'adresse à eux à voix basse :

— Bonjour Messieurs, savez-vous où se trouve la cabane de Paul Laperle ?

— Comment ? Vous allez chez Paul Laperle ? crie l'un d'entre eux en tapotant son oreille droite.

Embarrassée, Mamisa hoche la tête le plus discrètement possible.

— C'est ça.

— Tout droit par là. C'est la seule porte bleu turquoise, tout au bout à gauche. Vous lui voulez quoi, à Paul ?

— Oh rien, un petit coucou en passant.

Nous nous empressons de filer, en contournant une jolie fontaine en pierre.

— Saluez Paul de ma part ! s'époumone le bouliste derrière nous.

— Quel indiscret ! chuchote Mamisa. Grâce à lui, les espions du monde entier sont au courant de notre visite.

La porte turquoise se trouve au bon endroit, au moins.

— Tu es prêt, Charly ? demande ma grand-mère avec une mine de conspiratrice.

J'acquiesce, malgré mon cœur qui bat la chamade. Elle frappe trois petits coups, puis des coups plus forts.

La méthode Mamisa

J'arrive ! dit une voix forte derrière nous.

Nous nous retournons et découvrons un homme d'une trentaine d'années, blond, aux yeux bleus rieurs et au teint mat. Il porte de longs gants épais et de grandes bottes. Son pantalon de plastique rigide, trop large, lui arrive sous les bras. Mais je devine que ce n'est pas pour cacher un gros ventre, car il est vif et souple.

— Vous êtes Madame Bourlinguette ? demande-t-il.

— Elle-même. Et voilà Charly, mon bras droit, ajoute-t-elle en me présentant.

— Enchanté. Installez-vous sur la terrasse. Je suis à vous tout de suite, juste le temps de prendre une douche.

Il nous indique l'extrémité de la ruelle et disparaît derrière la porte turquoise.

Nous continuons notre chemin jusqu'à la terrasse, un grand rectangle de sable surmonté d'une tonnelle et équipé d'une table de pique-nique en bois.

De l'autre côté d'un muret, une jolie petite plage s'étend entre un bout de côte verdoyant, de belles villas d'autrefois et l'eau paisible du Bassin. Le tout dans les teintes flamboyantes du soleil couchant.

— Génial, dis-je, ébloui. Tu crois que l'eau est froide, Mamisa ?

— C'est promis, Charly : dès qu'on aura terrassé le monstre, on ira se baigner.

Gloups… Pendant une demi-seconde, j'avais oublié que ce décor de rêve pouvait abriter un monstre marin !

Nous nous installons autour de la table. Mamisa n'oublie pas d'ouvrir son calepin et de choisir la couleur de son stylo.

— J'ai inventé une méthode d'enquête, m'explique-t-elle. Je vais écrire les paroles des témoins en bleu, les faits indubitables en noir, nos questions en rouge, nos réponses en vert.

Paul Laperle nous rejoint. Il a troqué sa tenue d'ostréiculteur contre un jean, une chemise et un grand tablier. Il apporte trois grandes assiettes d'huîtres, un citron, du pain, du beurre, du pâté, une bouteille de vin blanc et une carafe d'eau.

Je commence par le pâté. Je continue par le pâté. Et je suis presque certain de terminer par le pâté, quand notre hôte m'interpelle :

— Tu n'as jamais mangé d'huîtres, Charly ?

— Euh… non, en effet.

— N'aie pas peur, elles ne vont pas te manger. Fais comme moi.

Armé de sa fourchette, il détache l'huître de sa coquille et l'avale.

Délicatement, je prends une huître entre mes doigts. Je contemple avec méfiance la bestiole gris vert qui se prélasse dans la coquille rugueuse, à l'intérieur nacré. On dirait un oreiller bien gonflé, dans une baignoire de luxe cachée dans un rocher.

— Tu ne dois pas rater ça, Charly, insiste Mamisa. C'est extra. Et très bon pour la santé.

J'ouvre la bouche et ferme les yeux. Le goût ne ressemble à rien que je connaisse. Mais ça sent l'océan et les vacances.

Pour m'entraîner, j'en prends tout de suite une deuxième.

De son côté, Mamisa passe aux choses sérieuses. Elle écarte l'élastique et ouvre son calepin.

— Je n'ai pas de diplôme d'enquêtrice, avoue-t-elle à Paul Laperle. En revanche, quand je regarde un film, ou que je lis un roman policier, je suis une championne pour deviner qui est le coupable.

— Je vous fais confiance, répond-il aussitôt. De toute façon, je n'ai pas le choix ! La police me prendrait pour un clown.

— Vraiment ? s'étonne Mamisa.

— Vers 22 h 10, on ira sur les lieux. Pour que vous compreniez bien le problème.

— Parfait. Pourquoi 22 h 10 ?

— Il faut que la marée soit assez haute.

Ce rappel du pourquoi de notre présence manque de me couper l'appétit. Puis je juge qu'au contraire, je dois prendre des forces.

À ma grande surprise, je termine mon assiette d'huîtres, que je complète avec du pain et du beurre.

Pendant ce temps, la nuit est tombée. De petites lumières se sont allumées tout autour du Bassin. Des nuages parcourent le ciel, faisant apparaître et disparaître le croissant de lune et les premières étoiles.

— C'est l'heure, annonce l'ostréiculteur.

— C'est le moment de mettre des chaussettes, ajoute Mamisa, en sortant les siennes de son panier d'osier.

Nous suivons Paul de l'autre côté de la maison. À la lueur des rares lampadaires, je découvre, sur une esplanade cimentée, une succession de bassins rectangulaires où les huîtres trempent pour un dernier rinçage, entre les piles de grillages, une moto, une remorque, un tracteur et le ponton qui s'avance vers l'eau.

Un monstre au clair de lune

Notre guide tend la main à Mamisa. Il l'aide à s'installer dans une petite barque grise en plastique dur, sobrement nommée *3341*. Elle tangue d'une manière qui ne me plaît pas du tout.

Mais une fois que ma grand-mère est assise, son panier calé sur ses genoux, la barque se calme également. Et je peux monter à bord.

L'ostréiculteur détache la corde qui la retient au ponton. Puis il rame avec énergie en direction de grands bateaux plats à moteur, en bois, peints de couleurs vives.

— On monte sur une pinasse ? demande Mamisa, les yeux pleins de gourmandise.

— Non, on va rester dans la barque. C'est plus discret. Le monstre pourrait revenir.

Je me cramponne au rebord. Si le monstre du bassin d'Arcachon est bien un cousin de celui du Loch Ness, il n'aura besoin que d'un coup de queue pour renverser notre frêle embarcation.

Peut-être a-t-il déjà repéré ses futures victimes ? Je tente de percer du regard la surface de l'eau noire…

En vain. J'espère qu'il fait autant d'éclaboussures que moi, quand je nage le crawl.

Après avoir quitté le port, nous rejoignons le parc à huîtres. Des piquets de bois entourent un damier de grands sacs grillagés, posés à plat sous l'eau. Chaque sac renferme des centaines d'huîtres.

— Les pauvres ! Elles sont serrées comme des sardines, fait remarquer Mamisa.

3341

— Ça les protège des crabes, explique Paul.

Il commence à faire le tour du damier quand, soudain, il s'arrête de ramer et tend l'oreille.

— Couchez-vous ! Aucun bruit ! ordonne-t-il à voix basse.

Le monstre arrive ! me dis-je, paniqué. Mais tout en agitant frénétiquement les orteils, je vérifie que la tête de Mamisa ne dépasse pas trop de la barque.

Pendant ce temps, Paul se redresse et enjambe le rebord. De l'eau jusqu'aux cuisses, il pousse notre embarcation pour qu'elle pénètre entre deux rangées de sacs. Ensuite, sous mes yeux horrifiés, il s'accroupit en s'enfonçant dans l'eau jusqu'à la poitrine.

— Vous allez attraper un rhume ! chuchote Mamisa, inquiète.

— Je me battrai jusqu'au bout ! rétorque-t-il en brandissant son arme : un couteau à huîtres. Je veux créer la surprise !

Dans le silence qui suit, j'entends des clapotis qui se rapprochent… Sûrement le bruit des nageoires du monstre fendant les flots… Ils grossissent à chaque seconde…

Le clapotis vient heurter la rangée de sacs. On entend une respiration bruyante… Un ahanement…

— Oh… hisse !

Un cri :

— Aïe !

Un monstre qui parle ?

— Je me suis coupé la main sur un bout de métal rouillé, raconte le monstre, dont la voix est plutôt masculine.

— T'es vacciné contre le tétanos ? demande une autre voix, plutôt féminine.

— Voleurs ! rugit Paul en se redressant.

Il contourne la rangée, les menaçant son couteau.

— Au secours ! Au meurtre ! hurlent les deux voix.

Pleinement rassurés, et un tout petit peu curieux, Mamisa et moi levons la tête. Les assaillants sont des humains, à peine plus âgés que moi. Paniqués, ils rament en s'éloignant à la vitesse de la lumière. Ou presque.

Paul revient vers nous en rangeant son couteau.

— Ils ont pris un sac.

— Vous allez porter plainte ? demande Mamisa.

— Pas la peine. Je crois qu'ils ont eu la peur de leur vie. Ils ne reviendront pas de sitôt.

Il nous montre l'emplacement du sac volé. Les liens ont été coupés proprement.

— Le mystère est déjà résolu ? Il n'y a pas de monstre ? l'interroge Mamisa, atrocement déçue.

Contrairement à moi.

Paul secoue la tête.

— Pas du tout résolu, vous allez voir. Un spectacle effroyable !

Il pousse la barque dans l'eau autour du damier. Côté grand large, il ne reste rien du rangement impeccable. Piquets, grillages, tout a été arraché, broyé, dévasté.

— Qui peut faire ça, sinon un animal monstrueux ? demande-t-il, l'air désespéré.

Il se penche pour racler le sol de ses mains gantées. Il ramasse plein de vase et d'huîtres. Plusieurs d'entre elles ont un trou énorme au centre de leur coquille.

— Regardez ça…

— Qu'est-ce que c'est ? dis-je.

— Le monstre croque dedans. Il aspire la chair et recrache les coquilles.

Je m'étonne :

— Comment pouvez-vous le savoir ? Vous l'avez vu faire ?

Paul nous regarde, le visage sombre.

— Exactement. Avec mes jumelles, depuis la terrasse. Le temps que j'arrive, il s'était enfui.

— À quoi ressemble-t-il ?

— Je vous l'ai déjà dit. Au monstre du Loch Ness. C'est son portrait tout craché.

Il se penche de nouveau, ramasse une nouvelle poignée d'huîtres pleines de vase. Elles sont toutes percées au centre, sauf une. Qui au contraire est surmontée d'un piton.

— Tiens, qu'est-ce que c'est ? demande Mamisa.

— Je ne sais pas, avoue Paul.

Il tourne ses mains vers moi.

— Tu peux rincer délicatement cette coquille, Charly ? Si je le fais moi-même, je risque de la perdre, à cause de mes gants.

Avec courage, je l'attrape d'un geste ferme et l'asperge plusieurs fois.

La vase s'en va. La coquille est dégagée, ainsi que le piton.

C'est une dent, solidement plantée. On dirait la canine que j'ai perdue le mois dernier. Longue et pointue, assez aiguisée.

Sauf qu'au lieu de faire deux centimètres, elle en fait sept ou huit !

Mes dents à moi se mettent à claquer toutes seules. Le monstre existe, on vient d'en trouver la preuve !

Éléphant vu de profil

Pendant le trajet du retour en barque, j'emballe avec soin notre trouvaille dans ma deuxième paire de chaussettes. Comme quoi, Mamisa avait raison à leur sujet ! Rien n'aurait pu mieux protéger un objet aussi précieux, à la forme aussi tarabiscotée.

Sur le ponton, ma grand-mère serre la main de Paul Laperle :

— Notre enquête a déjà commencé, assure-t-elle. On vous tient au courant. À très bientôt !

Je lui prends le bras et nous traversons le village de l'Herbe, aux ruelles plongées dans la nuit. En attendant de protéger ma grand-mère chérie d'un animal sanguinaire, je veille à ce qu'elle ne se torde pas la cheville.

Quel plaisir de remonter dans le camping-car, bien éclairé, à l'ameublement moderne et tout propre… Tout le contraire de l'estomac d'un monstre !

Mamisa m'apprend à verrouiller la porte et les minuscules fenêtres. Après une longue douche chaude dans la mini salle de bains, je bois une tisane tandis qu'elle prend des notes dans son calepin.

Ensuite, elle veut me laisser le lit au-dessus de la cabine et se contenter de la banquette d'en bas. Mais je ne me laisse pas faire.

C'est assez délicat. Je ne dois surtout pas dire qu'elle doit bénéficier du lit le plus confortable à cause de son âge. Heureusement, je trouve le bon argument : je grandis beaucoup en ce moment et il faut que je puisse aller grignoter au milieu de la nuit.

En réalité, je veux la protéger d'un monstre affamé qui défoncerait la porte, ou bien qui passerait une patte à ventouses à travers une fenêtre brisée. S'il me mange le premier, peut-être sera-t-il rassasié avant de vouloir goûter ma grand-mère ?

Juste avant de m'endormir, je me demande encore qui gagnerait un duel entre le monstre et le camping-car… Lequel courrait ou roulerait le plus vite… Lequel aurait assez de force pour renverser l'autre et peut-être le projeter du haut d'une dune…

Le lendemain matin, nous faisons le point autour du petit déjeuner que nous prenons dehors, sous un pin parasol.

Le temps est magnifique. Et la table pliante juste assez grande pour accueillir mon bol de chocolat chaud, la grande tasse de café de Mamisa, les croissants qu'elle est allée acheter pendant que je dormais, son calepin, la tablette, la dent plantée dans la coquille et l'atlas routier, ouvert à la page du Bassin.

Tout le monde dit qu'il a une forme triangulaire. Moi, je trouve qu'il ressemble à une tête d'éléphant, vue de profil. L'œil rond, bien au milieu, c'est l'île aux Oiseaux. La trompe : la passe qui relie le Bassin et l'océan, entre la presqu'île du Cap Ferret et la dune du Pilat. La défense : la ville d'Arcachon. Et la banane que l'éléphant porte à sa bouche : une grande île de sable qu'on appelle le banc d'Arguin.

J'attrape la tablette et je surfe à la recherche d'informations diverses.

— Mamisa, tu veux voir à quoi ressemble le monstre du Loch Ness ?

— Volontiers, mon Charly.

Des dessins ont été réalisés à partir des récits des témoins. En gros, il aurait le dos d'une baleine, les pattes d'un lézard, le cou d'un serpent, la tête d'un crocodile. Le tout, aux dimensions d'un tyrannosaure.

— Impressionnant ! s'exclame-t-elle. Pas facile de trouver une cachette quand on fait cette taille-là.

— Mais oui, tu as raison ! Le Loch Ness est-il plus profond que le Bassin ? Je vérifie.

Le grand lac écossais, cerné par les montagnes, atteint une profondeur maximale de 227 mètres. Il aurait la place d'abriter 4 000 monstres !

Tandis que le bassin d'Arcachon, entouré de dunes, fait 20 mètres au plus profond... Les 4 000 monstres y seraient aussi serrés que des poulets élevés en batteries.

— Mamisa, je commence à avoir des doutes... Tu crois que le monstre reste tout le temps collé au fond de l'eau, pour passer inaperçu ?

— Le jour, il doit dormir dans l'océan, à l'extérieur du Bassin. Et la nuit, il revient dévorer tout ce qu'il trouve. Par temps de brouillard aussi.

— Justement ! Il y a très souvent du brouillard en Écosse. Alors, qu'ici, l'ensoleillement est excellent.

— Ah oui ? demande distraitement Mamisa, comme si ce n'était pas du tout important.

Je trouve d'autres infos et j'insiste :

— Tu sais quelle est la profondeur de la passe ?

— Aucune idée.

— 4 à 5 mètres seulement ! Aucun monstre ne peut l'emprunter. C'est logique, d'ailleurs. Sinon, on verrait au moins une baleine de temps en temps.

J'exulte. Paul Laperle avait bu trop de vin blanc… Les dégâts sur son parc à huîtres ont été causés par une grosse tempête, c'est aussi simple que ça.

Mamisa réfléchit.

— Ce monstre est tout en longueur… Peut-être qu'il a appris à rentrer le ventre pour emprunter la passe. Comme moi, quand je ne veux pas rester coincée dans un tourniquet.

— Tu es plus souple qu'une baleine, Mamisa.

Par acquit de conscience, je tape les mots **« baleine »** et **« bassin d'Arcachon »** dans un moteur de recherche.

Et je suis à deux doigts de m'évanouir. Des vidéos ont été prises par des amateurs. On y voit danser des orques, une baleine à bosse… et même un requin ! Quelle horreur ! Je ne sais pas si j'oserai me baigner un jour.

En les montrant à ma grand-mère, je tente de relativiser :

— Une baleine, c'est quand même moins rare qu'un tyrannosaure… Mais arrêtons de tourner autour du pot. Il faut demander l'avis d'un scientifique.

— Excellente idée.

L'un des sites que j'ai consultés a été réalisé par un chercheur, spécialiste des animaux marins : Kam Sam. Il encourage ses visiteurs à lui écrire pour poser leurs questions.

N'osant pas demander à brûle-pourpoint si le bassin d'Arcachon pourrait abriter un cousin du monstre du Loch Ness, je préfère titiller sa curiosité. Je lui envoie une photo de la dent plantée dans la coquille d'huître, avec cette question :

Quel animal du bassin d'Arcachon pourrait bien avoir perdu une dent pareille ?

Une dent très rare

Succès complet. Un message arrive deux secondes plus tard.

Impossible de vous répondre à distance. Il faudrait que je l'examine.

Le temps que je lui propose une rencontre et guette la réponse, je me demande si ce Kam Sam travaille dans une université américaine, ou même à Paris, ce qui risquerait de retarder notre rencontre de quelques mois… sinon quelques années.

J'ai la bonne surprise de lire :

Rendez-vous au bout de la jetée du port de La Vigne. Aujourd'hui à 11 h 10, ce serait possible pour vous ?

Il est presque dix heures. Mais La Vigne est le village d'à côté. Je confirme le rendez-vous et nous nous dépêchons de tout ranger.

Une demi-heure plus tard, nous pédalons sur la piste cyclable qui fait le tour du Bassin. J'ai mon sac sur le dos et Mamisa son grand panier accroché à son porte-bagages. D'un commun accord, nous avons décidé de laisser le camping-car où il est.

— Notre spot est idéal, m'a expliqué Mamisa, qui maîtrise déjà le vocabulaire des camping-caristes. Au calme, avec une belle vue. En plus, il est situé à mi-chemin entre les deux extrémités du Bassin.

Nous avons bien fait de ne pas reprendre la route. Celle-ci est paralysée par un énorme bouchon. Le beau temps attire les vacanciers vers les plages, mais aussi les habitants de la région.

Tout au bout du petit port de plaisance de La Vigne, nous cadenassons nos vélos autour d'un lampadaire. À pied, nous empruntons la jetée étroite en pierre. L'eau est magnifique, d'un bleu soutenu et d'un calme olympien.

En attendant Kam Sam, nous nous tartinons de crème solaire. Je suis persuadé que le soleil tape fort, malgré le vent léger qui tente de nous persuader du contraire.

À 11 h 15, personne ne s'avance vers nous. Aucune voiture ne surgit en trombe sur le parking.

— J'espère que ce chercheur ne nous a pas posé de lapin, dit Mamisa avec irritation.

Nous sommes distraits par l'approche d'une embarcation traditionnelle en bois, dont la coque a été peinte en rouge. À bord, deux jeunes femmes à la silhouette sportive,

qui nous lancent de grands signes amicaux. Par jeu, ma grand-mère répond avec enthousiasme, et moi plus timidement.

La pinasse vient se caler contre la jetée. L'une des jeunes femmes est brune, et l'autre encore plus brune.

La première nous interpelle :

— Isa et Charly Bourlinguette ? On a rendez-vous au sujet d'une dent géante !

Ravie de voir une pinasse de près, Mamisa saute de joie.

— Exactement ! Laquelle d'entre vous est Kam Sam ?

— Je suis Kam. Mon vrai nom est Camélia. Au poste de pilotage, voici mon amie Samantha, que tout le monde appelle Sam.

— Enchantée !

— On discute en faisant un petit tour ?

— Avec plaisir !

Elles nous aident à sauter sur le pont, sans perdre mon sac à dos ni le panier de Mamisa.

— Sam navigue sur le Bassin depuis sa plus tendre enfance, raconte Kam. Elle a grandi à Arcachon. Dans le civil, elle est boulangère.

— Kam est chercheuse en biologie marine à l'aquarium d'Arcachon, précise Sam. Elle est originaire de Bordeaux. Je ne sais plus depuis quand je la connais ! Il paraît qu'on a fait nos premiers châteaux de sable ensemble.

Nous nous installons dans l'habitacle, sur les banquettes garnies de coussins, à l'abri du soleil et du vent.

Pendant que Sam effectue la manœuvre, Mamisa sort son calepin et moi, ma précieuse chaussette. J'en retire délicatement la coquille, percée par la dent.

Kam pousse des exclamations de surprise.

— Oh, là, là ! Très impressionnant ! Jamais vu un truc pareil ! Je me demande quel animal a bien pu mordre dans une huître aussi férocement…

— Nous avons pensé à un cousin du monstre du Loch Ness, avance Mamisa.

Kam et Sam éclatent de rire.

— Le monstre du Loch Ness est une hallucination ! Ou juste une bonne blague ! affirme Kam.

— Qui arrange bien l'industrie du tourisme..., estime Sam.

Je me tourne vers ma grand-mère d'un air de triomphe. Elle ne se laisse pas démonter.

— Évidemment. Ce qui ne veut pas dire que son cousin arcachonnais n'existe pas. Il y a bien assez de touristes par ici ! Personne n'a besoin d'inventer un monstre pour les attirer.

Kam et Sam acquiescent pensivement.

— Que pensez-vous de cette dent ? Est-elle authentique ? interroge Mamisa.

Je m'attends à ce que la chercheuse extirpe la dent de la coquille. Mais elle se contente de la prendre en photo sous tous les angles, puis de la gratter légèrement du bout d'un ongle.

— Elle n'est pas en résine. C'est une vraie dent. Je n'arrive pas à y croire... ajoute-t-elle en fronçant les sourcils. On dirait vraiment la dent d'un Spinosaurus !

— D'un quoi ? demande Mamisa, qui n'a pas, comme moi quand j'avais cinq ans, collectionné les images de dinosaures.

Je suis saisi d'un long frisson. Le Spinosaurus était l'un de ceux qui me fascinaient le plus. Je me souviens parfaitement des caractéristiques de ce dinosaure marin, bipède du crétacé : 4 à 6 tonnes, 15 mètres de long, un crâne de 2 mètres, des dents terriblement tranchantes et, pour couronner le tout, une nageoire dorsale en forme de voile, lui permettant de nager à toute vitesse !

Le genre de bestiole qu'on n'a pas du tout... mais alors, vraiment pas du tout envie de croiser un jour ! Ce qui a peu de risque de se produire, en théorie, puisque le Spinosaurus vivait il y a une centaine de millions d'années.

Croiser un Spinosaurus

Ses dents sont moins massives que celles d'autres dinosaures, explique Kam. Il mangeait surtout des poissons. Je me demande pourquoi il s'est attaqué à une huître.

— Il avait peut-être faim, suggère Mamisa.

— Mais il s'est cassé les dents sur la coquille, rappelle Sam en riant.

— Vous l'avez trouvée où ? demande Kam.

Ma grand-mère lui raconte toute l'histoire : un ostréiculteur du village de l'Herbe est persuadé que son parc à huîtres a été ravagé par un monstre.

Elle parle de Paul comme d'un ami, et non comme d'un client qui a confié une enquête à une détective privée et son équipe.

— Allons voir le parc à huîtres, suggère Kam. Si cette bête a laissé d'autres traces de son passage, il faut les trouver avant qu'elles ne disparaissent.

Sam vire de bord. La pinasse serpente entre les damiers grillagés. Nous n'avons pas de mal à retrouver le parc de Paul : bien qu'il ait commencé les réparations, les dégâts sont encore visibles.

— Je plonge, annonce la pilote, après avoir arrêté le moteur et jeté l'ancre. Quelqu'un vient avec moi ?

Je m'apprête à décliner poliment l'invitation. Mais, tout excitée, Mamisa révèle qu'elle porte un maillot de bain sous son short et son tee-shirt. Je me résigne à l'accompagner. On ne sait jamais, elle pourrait avoir un malaise.

Un peu plus tard, nous sommes trois à barboter dans l'eau, qui n'est pas si froide que ça. Et à enfoncer nos mains dans le sol vaseux. Ça me rappelle mon enfance, quand j'adorais jouer avec de la pâte à modeler.

Nous en retirons une quantité incroyable d'huîtres vides, que Kam, restée à bord de la pinasse, rince dans une grande bassine.

— Je comprends que Paul ne soit pas content, dit Sam.

— Vous le connaissez ? s'étonne Mamisa.

— Un peu. Je l'ai croisé au collège. Il doit avoir un an ou deux de plus que moi.

— Il était comment, à l'époque ? l'interroge Kam, curieuse.

— Assez insolent. Il n'aimait pas les études. Comme moi. C'est comique parce qu'on est devenus de gros bosseurs, tous les deux !

— Vous avez choisi un métier qui vous motive, fait remarquer Mamisa en me lançant un regard entendu.

Le froid finit par nous rattraper. Remontés dans la pinasse, nous nous essuyons vigoureusement avec nos serviettes. Nous n'avons pas trouvé de deuxième dent, ni aucun autre morceau de Spinosaurus.

— On a bien mérité un peu de détente ! lance Sam. On pique-nique et je vous fais visiter le Bassin ? On en profitera pour tenter d'apercevoir le monstre !

Elle sort d'un sac plusieurs sandwichs et toutes sortes de viennoiseries. Je n'ai pas le temps d'objecter que la perspective de croiser un Spinosaurus n'a rien pour me détendre. Mamisa a déjà accepté avec enthousiasme.

Pour commencer, cap sur l'île aux Oiseaux ! annonce Sam en virant vers le nord-est.

Pendant qu'elle se concentre sur la navigation, Kam nous aide à nous repérer. Mamisa et moi avons sorti nos jumelles. Nous apercevons la navette qui relie Arcachon, à notre droite, à la presqu'île du Cap Ferret, dans notre dos à gauche. Tout au bout de la bande de terre qui défie l'océan, un phare guide les navires vers l'entrée du Bassin, un passage de seulement trois kilomètres de large.

Nous nous dirigeons vers deux cabanes en bois – l'une aux volets rouges, l'autre aux volets blancs. Elles sont vastes et élégantes, sur pilotis, chacune entourée d'une terrasse. Kam nous raconte qu'on les appelle les **CABANES TCHANQUÉES**. Dans le patois local, les « **TCHANQUES** » sont des échasses.

Construites pour surveiller les parcs à huîtres, elles permettent aujourd'hui d'admirer l'île aux Oiseaux, une réserve protégée qu'il est interdit d'aborder.

— C'est bien dommage, dit Mamisa.

Personnellement, je n'ai aucun regret. Les cabanes m'attirent beaucoup plus que l'île elle-même : un ensemble d'îlots couverts d'herbes hautes, où pourraient se cacher toutes sortes de bestioles, grosses et petites.

— On prend le dessert sur une terrasse ? suggère Kam.

— Oh oui ! La rouge, précise Mamisa.

Sam attache la pinasse à l'une des tchanques. Tandis que nous grimpons l'escalier, je me dis que tout ce bois est mille fois plus tendre que des coquilles d'huître. Si le Spinosaurus s'y attaquait, il n'aurait aucun mal à transformer les cabanes en montagnes d'allumettes.

Pour me distraire de ces sombres pensées, je dévore une chocolatine en contemplant les rives de l'île.

— C'est marrant, ces creux dans le sable, là-bas... De loin, on dirait une empreinte géante.

J'ai parlé pour moi-même, sans penser aux conséquences de ma remarque. Mamisa réagit aussi fort que si j'avais vu le Spinosaurus en personne. Attrapant ses jumelles, elle scrute le sable.

— Charly a raison ! Là !

Kam et Sam échangent un regard amusé par-dessus sa tête. Je vois bien qu'elles ne prennent pas très au sérieux l'hypothèse du Spinosaurus.

Mamisa leur tend les jumelles.

— Par là... la deuxième rangée de coquillages... un peu plus à gauche...

— Je vois vaguement des trous, dit Sam.

— On va les examiner de plus près ?

— L'île est interdite aux visiteurs, rappelle Kam avec fermeté.

— Justement ! Le monstre pourrait s'y cacher !

— Il faudrait qu'il s'aplatisse comme une crêpe, fait remarquer Sam.

— Peut-être qu'il ne vient que la nuit ? dis-je en tremblant.

— On ne pourrait pas faire un petit saut de rien du tout sur l'île ? insiste Mamisa. Je ne vois aucun oiseau à l'horizon, on ne risque pas de les déranger !

— Si tout le monde fait ça, le domaine réservé ne sert à rien ! s'énerve Kam.

Au même moment, je pense que peut-être, le Spinosaurus a mangé tous les oiseaux de l'île…

Nous avons les yeux fixés sur les reliefs du sable quand un **plouf !** à nos pieds nous fait sursauter.

Un chien invisible

Titou ! s'écrie Mamisa, paniquée.

Je la fixe, sans comprendre.

— Titou ? font Kam et Sam.

— C'est mon chien ! Mon tout petit chien ! Il vient de sauter dans l'eau !

Mamisa désigne le panier d'osier posé à ses pieds. L'un de ses couvercles est soulevé.

— Il dormait là-dedans. Ce Spinosaurus est tellement intrigant… J'ai oublié de surveiller Titou !

Je n'en crois pas mes oreilles. Ai-je cohabité avec un chien minuscule dans le camping-car ? Sans jamais entendre le moindre jappement ? Sans jamais apercevoir la moindre gamelle ? Sans qu'il n'ait jamais besoin d'aller faire ses besoins ?

Kam, Sam et moi contemplons avec perplexité les plantes aquatiques qui poussent sous la cabane, jusqu'à la plage de l'île.

— Je ne peux pas abandonner Titou ! Le Spinosaurus va le dévorer tout cru ! s'affole Mamisa.

Attrapant le panier, elle dévale l'escalier et s'avance sur la rive.

Bien que visiblement très contrariées, Kam et Sam n'osent pas la retenir. Mamisa traverse la plage et poursuit son chemin au-delà, dans les herbes qui lui arrivent aux chevilles.

— Titou ? Titou ! appelle-t-elle d'une voix étranglée.

Nous la voyons se pencher, écarter les herbes hautes, ramasser quelque chose. Son dos massif nous empêche de voir la scène en détail mais nous l'entendons :

— Oh, Titou, comme tu m'as fait peur ! Il ne faut pas s'échapper comme ça, tu sais !

Cette île est interdite aux chiens ! Elle est réservée aux oiseaux. Attends que je te sèche, vilain fripon… Pour ta peine, tu es puni. Tu vas rester dans ton panier, maintenant. Je ne veux plus t'entendre ou te voir d'ici ce soir. Oui, oui, tu peux me faire du charme, ça ne changera rien !

Elle se redresse et revient vers nous, le panier dans ses bras. Elle continue de parler à son chien à travers les trous de l'osier. Malgré son émotion, elle n'oublie pas de faire un détour par l'endroit où j'ai cru voir une empreinte géante. Ni de prendre une photo.

Pendant ce temps, Kam, Sam et moi sommes remontés sur la pinasse. Mamisa nous y rejoint, tout sourire.

— Je vous présenterai mon Titou une autre fois, décide-t-elle. Si je rouvre le couvercle, il risque de s'échapper à nouveau !

Je reste complètement éberlué. Kam et Sam, qui ont moins de raisons que moi de ne pas croire ma grand-mère, semblent accepter ses explications alambiquées.

Une fois que nous sommes tous installés dans l'habitacle, Mamisa nous montre la photo qu'elle a prise. Et là, c'est indubitable. La trace dans le sable montre clairement une empreinte de pied palmé, gigantesque.

Je suis tellement effrayé que j'en oublie l'étrange présence d'un chien invisible qui n'a jamais rien réclamé depuis deux jours. Le pied palmé, c'est l'une des grandes caractéristiques du Spinosaurus !

Je ne sais si Kam et Sam ont perdu confiance en ma grand-mère, ou bien si elles sont pressées d'effectuer des recherches approfondies sur le dinosaure marin du crétacé. En tout cas, elles décident de nous ramener au port de La Vigne, renonçant à nous montrer le reste du Bassin.

Pour des raisons différentes, ni Mamisa ni moi ne rouspétons. En quittant les jeunes femmes, nous nous promettons de nous informer mutuellement de nos découvertes. Nous confions la dent à Kam pour qu'elle l'étudie dans son laboratoire.

Puis nous récupérons nos vélos. Pour rejoindre le camping-car, nous montons une côte longue et raide.

Le téléphone de ma grand-mère se met à sonner. Elle met pied à terre pour répondre.

— Pfff... pfff... allô ?

Je n'entends pas son interlocuteur. Mais je vois son visage passer de l'épuisement à l'enthousiasme, comme un phénix qui renaît de ses cendres.

— J'ai une... voix... plus dyna... mique en temps... normal.

Pendant qu'elle est occupée à écouter religieusement son interlocuteur, je m'approche discrètement de son panier, accroché au porte-bagages. Je soulève l'un des couvercles, puis l'autre.

Outre le calepin, le stylo quatre couleurs, un portefeuille, une bouteille d'eau, un trousseau de clefs, des mouchoirs en papier, des jumelles, une paire de chaussettes, le panier contient bien un tout petit coussin pour chien, ainsi qu'une toute petite couverture pour chien, gonflée au centre, comme si elle abritait un tout petit chien.

Très étonné, je soulève la couverture.

Et je trouve une grosse écharpe, roulée en boule.

Une vague au ralenti

Épuisé par toutes ces émotions, ou peut-être par la baignade et le vélo, j'ai fait la sieste. À mon réveil, je suis un peu endolori d'avoir dormi, tout recroquevillé, sur la banquette du camping-car.

En ouvrant un œil, je découvre sur la table toute proche un bol de chocolat au lait, une corbeille de pêches, brugnons, abricots, et un petit mot :

Ne t'inquiète pas mon Charly chéri,
je reviens dans cinq minutes.

Le genre de message qui m'inquiète aussitôt, surtout s'il a été écrit par ma grand-mère. Je mets la main sur le bol… Il est presque froid. Oh, là, là, il y a combien de temps a-t-elle écrit qu'elle reviendrait dans cinq minutes ?

Je réchauffe le chocolat au micro-ondes, je mange un brugnon et j'appelle Mamisa sur son téléphone portable. Il est occupé.

Ce qui veut dire qu'elle est vivante.

Sauf si le téléphone est utilisé par son meurtrier.

Les Spinosaurus étant vraisemblablement incapables de se servir d'un téléphone, je suis momentanément rassuré. De plus, quand je suis rassasié, je suis généralement plus optimiste.

Je descends du camping-car, ferme soigneusement à clef et contourne le véhicule.

Mamisa est là, assise dans son siège de toile préféré, à l'ombre d'un pin parasol, son panier à ses pieds. Le téléphone coincé entre l'épaule et la joue, elle prend des notes à toute vitesse dans son calepin.

J'attends qu'elle ait terminé sa conversation téléphonique pour exprimer mes sentiments.

— Mamisa, tu ne peux pas disparaître comme ça ! J'étais mort de peur !

— Je n'ai pas disparu. J'étais à treize mètres.

— Tu m'as laissé un mot !

— Parce que je me suis éloignée jusqu'à cinquante mètres pour réfléchir.

— Tu aurais dû retirer le mot quand tu es revenue !

— Je ne voulais pas te réveiller. Tu dormais si bien…

— C'est pire ! À cause de toi, Mamisa, je vais faire des cauchemars cette nuit !

— Je ne vois pas pourquoi.

— Tu prends des risques fous !

— Je prends des risques minimes et calculés. Indispensables pour mener une enquête.

— Tu racontes des mensonges ! Tu as fait croire à Kam et Sam que tu avais un chien !

— Des mensonges… c'est beaucoup dire. J'ai juste un animal de compagnie imaginaire. Beaucoup de gens ont des amis imaginaires. Quand tu n'es pas là, mon Charly chéri, j'ai besoin de briser ma solitude.

— Quand je suis là, tu pourrais laisser ton chien imaginaire dans son panier !

— C'est ce que j'ai fait. Et soudain, j'ai pensé que, grâce à lui, je pourrais aller voir cette empreinte de plus près. Je ne le regrette pas. On a une photo géniale. Tu sais avec qui j'étais au téléphone, à l'instant ?

— **Grompf**, dis-je pour ne dire ni oui, ni non, sans pouvoir m'empêcher de secouer la tête.

— Une journaliste ! Elle veut écrire un article sur notre enquête !

— Mais je croyais que tu voulais rester anonyme !

— Tout à fait. Je lui ai dit de changer nos prénoms. Les journalistes font souvent ça pour protéger leurs sources. J'ai choisi « Diane ». Comme la déesse chasseresse. Ça fait plus moderne, plus jeune, tu ne trouves pas ? Pour toi, j'ai proposé Johan, parce que ça rime avec Diane.

Je ne réponds pas, toujours un peu fâché, même si je commence à avoir envie de rire. Elle me tapote affectueusement l'épaule.

— Je ne fais pas ça pour la gloire, tu le sais, mon grand Charly. L'article paraîtra dans quelques jours. J'espère que ça suscitera d'autres témoignages, qui nous seront très utiles.

Je bougonne un « oui » pour cacher mon sourire.

— Zhora Raimi était enthousiaste, poursuit-elle en faisant claquer victorieusement l'élastique de son calepin. Elle a adoré les photos de la dent et de l'empreinte. Mais elle m'a expliqué que l'idéal, pour illustrer son article, ce serait une silhouette du Spinosaurus, sur fond de bassin d'Arcachon. J'ai dit que j'allais faire de mon mieux. Ça tombe bien que tu aies dormi. Ce soir, on va se poster en haut de la dune du Pilat. Le meilleur endroit pour observer la passe à la jumelle. Si le Spinosaurus vient se promener dans le Bassin, on ne risque pas de le rater !

La dune du Pilat est trop loin pour qu'on y aille à vélo. À regret, nous quittons notre joli spot pour patienter dans les bouchons.

Mamisa est d'excellente humeur.

— Tout ce monde ! C'est très bon signe. Le bassin d'Arcachon n'a vraiment pas besoin d'un faux monstre pour attirer les touristes ! répète-t-elle avec entrain.

Je suis assez content, moi aussi. Cette dune m'intrigue. Les chiffres donnent le tournis :

60 millions de mètres cubes de sable, 3 km de long, 600 m de large, 110 m de haut, 1 à 5 m de déplacement par an…

La dune la plus haute d'Europe est située à l'entrée du bassin d'Arcachon. Poussée par le vent, elle submerge la forêt très, très lentement, comme une énorme vague au ralenti.

— Tu sais, Charly, quels sont les meilleurs moments pour apercevoir des animaux sauvages ? Le lever et le coucher du soleil !

Cette information me refroidit un peu, mais je relativise. Si on découvre le Spinosaurus depuis le haut de la dune, on le dominera largement. On ne craindra rien et je n'aurai même pas peur. De là-haut, il nous paraîtra à peine plus gros qu'un ver de terre.

L'Himalaya ou presque

Nous nous garons sur le parking du site. Je craignais que Mamisa décide d'entrer en douce, mais elle paye les tickets normalement.

— Je ne suis pas une scélérate, une filoute, une voyoute, assure-t-elle en riant quand je lui en fais la remarque.

Chaussures de marche, bouteilles d'eau, crème solaire, casquettes, nous sommes prêts pour l'ascension. Je veux prendre la main de ma grand-mère pour l'aider à grimper, mais elle refuse.

— Monte à ton rythme, Charly. Je monte au mien. On se retrouve là-haut.

Elle ne doit pas avoir envie que je l'entende souffler comme un phoque pendant des heures. J'obéis. Elle emprunte l'interminable escalier de bois qui monte vers le ciel bleu. Je préfère marcher dans le sable. Qui est chaud et doux, comme une grosse couette de plumes, un matin d'hiver.

À chaque pas, je m'enfonce délicieusement.

La principale différence entre ici et l'Himalaya, c'est le nombre de jeunes enfants et de personnes âgées qui partent à l'assaut du sommet.

Peu à peu, nous émergeons de la forêt de pins. Nous dépassons les cimes les plus hautes. Les arbres se mettent à ressembler à de la végétation pour maquettes ferroviaires, puis à un océan de verdure.

Le vent soudain, puissant, m'informe que je suis arrivé sur la crête. La dune est vraiment énorme. Avec tout ce sable, j'ai l'impression d'avoir été catapulté au Sahara.

L'endroit est juste un peu moins désert : le sol est piqueté de milliers d'empreintes de pas. Ceux des humains qui m'ont précédé depuis ce matin.

À l'horizon s'entremêlent l'océan d'un bleu outremer et les bancs de sable blond. Sur le bleu, des bateaux tracent de fins sillons blancs, qui font écho aux rares petits nuages blancs et aux oiseaux blancs qui se laissent porter par le vent.

Le panorama est… comment dire ? Fabuleux.

Autant la pente est raide côté forêt, autant elle est douce côté Bassin. Ça donne très envie de s'installer sur une luge pour effectuer une longue descente jusqu'à la plage tout en bas.

Émerveillé, je m'assois à l'écart du passage pour attendre Mamisa. Le soleil est assez bas sur l'horizon. Pourvu qu'elle atteigne le sommet avant qu'il se couche !

Enfin la voilà, les joues rouges, un sourire jusqu'aux oreilles. En s'effondrant dans le sable près de moi, elle souffle :

— C'est… pfff… sup… pfff… perbe…

Son commentaire est interrompu par le téléphone. Trop essoufflée pour répondre, elle me tend l'appareil.

— Allô ? Ici, Charly, le petit-fils d'Isa Bourlinguette.

— Rebonjour Charly, c'est Kam. J'ai du neuf, tu peux me passer ta grand-mère ?

J'explique la situation.

Kam semble trop excitée pour commenter notre présence dans ce lieu époustouflant. Ce qu'elle me raconte est tellement incroyable que j'écoute son long récit bouche bée.

Je me concentre très fort pour retenir tous les points cruciaux et j'en oublie presque de lui dire au revoir.

Quand je raccroche, ma grand-mère a retrouvé une respiration normale.

— Qu'est-ce qui se passe, Charly ?

— C'était Kam. La dent est authentique, mais pas le Spinosaurus !

— Comment ça ? demande-t-elle en s'empressant de sortir son calepin.

— L'animal qui avait cette dent dans sa mâchoire est mort et enterré depuis cent millions d'années.

— Quoi ? sursaute-t-elle en notant tout ce que je dis. Mais comment la dent s'est-elle retrouvée par ici ?

— Elle a été découverte au Maroc il y a un siècle. Le collectionneur qui l'a achetée avait une villa sur le Bassin. Il se trouve que celle-ci a été cambriolée récemment. La famille a porté plainte.

— Pas possible ! Comment Kam est-elle au courant ?

— Sam a bavardé avec ses potes gendarmes. Ils lui ont parlé de la plainte. Ce n'est pas tous les jours qu'on vole une dent de dinosaure !

Mamisa relève la tête. Je vois qu'elle accuse le coup. Le Spinosaurus a disparu beaucoup trop tôt pour son bonheur.

— Bien joué, Kam et Sam, murmure-t-elle pourtant, bonne joueuse. C'était une excellente idée de penser au vol d'un objet de collection.

— Je suis sûr que tu aurais pu avoir l'idée toi aussi, si tu avais connu les gendarmes du coin, dis-je pour la consoler.

Elle me sourit bravement, stylo en l'air.

— Tu es adorable, mon petit Charly. Et maintenant, qu'est-ce qu'on fait ?

— On apprécie le coucher du soleil ! Aucun risque qu'il soit gâché par l'arrivée d'un monstre !

Je suis tellement soulagé... Pensivement, Mamisa fait claquer l'élastique de son calepin.

— Tout ça ne nous dit pas... qui s'est amusé à planter cette dent dans une huître... pour la cacher dans le parc à huîtres de Paul... tout en ravageant une rangée de grillages et de piquets...

— Un concurrent qui trouve que son commerce marche trop bien ?

D'après ma propre expérience, les gens qui nous veulent du mal sont souvent des jaloux. Moi, par exemple. Je suis le meilleur de ma classe en Arts plastiques, en Français, en Histoire-Géo, en Sciences et Vie de la Terre, en Physique-Chimie et en Maths. Je ne comprends pas pourquoi ça énerve autant de monde.

— Mais pourquoi agir ainsi… C'est absurde, Charly ! Le jaloux aurait pu se contenter de dévaster le parc ! Tu imagines la peine qu'il s'est donnée pour acquérir cette dent et la planter dans une huître ? Sans compter qu'une dent de Spinosaurus, ça doit coûter cher. Il aurait pu la revendre à un bon prix, au lieu de la laisser dans la vase du fond du Bassin !

— C'est vrai…

Phalange de Néandertal

L'histoire est intrigante, en effet. Mais j'ai maintenant la certitude qu'aucun Spinosaurus ne hante le bassin d'Arcachon. Pour moi, c'est le plus important.

Je suis donc prêt à envisager un milliard d'autres hypothèses farfelues pour faire plaisir à ma grand-mère. Aucune ne pourra entamer ma zénitude.

Pendant ce temps, les petits nuages ont rosi, la lumière du soir lustre le sable et l'océan prend des teintes violettes. La beauté du soleil couchant fait écho à la joie qui m'habite.

— Mais comment peut-on être sûrs qu'il s'agit de la même dent de Spinosaurus ? interroge Mamisa en rouvrant d'un coup son calepin.

— Ça ne court pas les rues, quand même ! On en a trouvé trois ou quatre sur toute la planète, depuis deux siècles !

— Kam t'a donné d'autres détails ? N'oublie rien, s'il te plaît, mon cher Charly.

— Le cambriolage a eu lieu à Andernos… De nuit. Dans une villa qui donne directement sur la plage. Les voleurs ont brisé une vitre. Les propriétaires ne savent pas quand ça s'est passé. Ils habitent Paris et ne viennent que pendant les vacances scolaires. Le voleur a pris d'autres choses… Une phalange de Néandertal… Une fléchette des Indiens Navajos…

— Pas trop vite, Charly, s'il te plaît.

Mamisa note chaque détail scrupuleusement. Je poursuis :

— Ces objets avaient appartenu à leur ancêtre. Un collectionneur d'objets rares. Ah

PIOU
PIOU
-21-

oui, en plus, la villa a été squattée. Par des gens qui se droguaient. À la place de ces souvenirs de famille, les propriétaires ont trouvé des tas de détritus et une pile de matelas pourris. Ils ont été obligés de faire appel à des déménageurs pour s'en débarrasser.

— Quel dommage ! s'exclame Mamisa. Toutes les traces du cambriolage ont donc été effacées…

— Oui. Ça va compliquer le travail des gendarmes.

— Et le nôtre, soupire ma grand-mère.

Je sursaute.

— Quoi ? Notre enquête n'est pas terminée ?

— Bien sûr que non ! Pourquoi serait-elle terminée ?

— Parce qu'on a prouvé que le Spinosaurus n'existait pas !

— Mais le cambrioleur existe. Le ravageur de parc à huîtres existe. Le maniganceur d'obscurs stratagèmes dentaires existe. Et Paul compte sur nous pour découvrir qui c'est.

D'un seul coup, le splendide coucher de soleil me semble un peu moins splendide. Le panorama un peu moins réconfortant. La lumière un peu moins chaleureuse.

Ma zénitude s'envole. Je n'ai pas tout à fait aussi peur d'un cambrioleur que d'un dinosaure carnivore. Mais presque.

Le vent du soir fraîchit. Je recouvre mes jambes de sable chaud. Sur le Bassin, les minuscules bateaux repartent vers Arcachon. La lumière qui décroît allonge les ombres sur la dune.

Mamisa range son calepin et prend son téléphone.

— Ce coucher de soleil est incroyable ! Il mérite quand même d'être immortalisé !

Elle tourne son appareil de tous côtés et prend plein de photos. De moi, au sourire crispé. De nuages roses. De bateaux lointains. De bancs de sable qui se fondent dans l'océan. D'oiseaux qui nous survolent. De dessins minuscules sur le sable, signe de la présence d'animaux microscopiques.

Satisfaite, elle fait défiler les photos qu'elle vient de prendre.

— Oh, Charly ! Regarde !

Elle me met le téléphone sous les yeux.

— Je ne vois rien. Qu'est-ce que je devrais voir ?

— Cette ombre au fond de l'eau, au pied de la dune…

— Je ne…

Elle tourne le téléphone pour que l'écran soit à l'horizontale. La photo s'agrandit. À force d'écarquiller les yeux, il me semble que mon cœur rate un battement. Mamisa a raison !

L'ombre n'est pas si vague que ça. On peut deviner un très long cou… un ventre rond… une queue interminable…

— Ah non, ce n'est pas possible ! Je croyais qu'on en était débarrassés, de ce Spinosaurus !

Pour une fois, Mamisa et moi partageons le même sentiment : nous sommes sidérés.

— Voilà qui change tout, dit-elle d'une voix douce. La bestiole existe et le cambriolage était une fausse piste. Les dents de dinosaures sont rares, ce qui ne veut pas dire qu'il ne peut pas en exister deux, à vingt kilomètres de distance…

Voyant que j'ai du mal à m'en remettre, elle me propose une barre chocolatée et une bouteille d'eau.

Accablé par le destin, je me réconforte comme je peux.

— Mon Charly, notre enquête rebondit d'une manière inattendue.

J'acquiesce tristement.

— J'en connais une qui va être contente, poursuit-elle. La journaliste qui veut écrire un article sur nos découvertes. Le bassin d'Arcachon est une mine de dents de Spinosaurus ! C'est génial, d'être enquêtrice. Nos aventures sont encore plus palpitantes que je l'imaginais…

Et d'un clic, elle envoie la photo à Zhora Raimi, avec cette légende :

> **Ce soir à 21 h 53, le Spinosaurus est passé sous la dune du Pilat.**

Dinosaure ou voleur

Nous ne regrettons plus notre spot de L'Herbe. Nous en avons trouvé un autre tout près, merveilleux, au Petit Nice. Nous sommes installés dans la forêt de pins, à quelques pas d'une immense plage de sable.

Nos voisins sont d'autres camping-caristes. Mais nous ne nous gênons pas mutuellement, tant il y a de l'espace. Leur présence me rassure. Je ne serai plus tout seul à protéger Mamisa si nous sommes attaqués, que ce soit par un Spinosaurus ou un cambrioleur.

Après une bonne et longue nuit, suivie d'une agréable grasse matinée où j'ai tenté d'oublier mes soucis en lisant les aventures d'un chasseur de vampires, Mamisa et moi allons nous promener sur la plage. Nous emportons un pique-nique, nos maillots de bain, nos serviettes et notre petite tente anti-UV. Comme des vacanciers ordinaires.

Ça fait du bien ! Si à la rentrée, quelqu'un me demande comment se sont passées mes vacances, mon récit ne ressemblera pas d'un bout à l'autre à un film d'horreur. Je pourrai raconter que l'eau était glacée et qu'il y avait des vagues énormes…

Ce matin, Mamisa a reçu un message de Zhora Raimi. L'article sur l'enquête paraîtra aujourd'hui, en fin d'après-midi. D'ici là, la journaliste veut rendre la photo plus nette à l'aide d'un logiciel spécialisé.

En attendant, elle encourage ma grand-mère et son bras droit à jouer les touristes.

Facile à dire ! Comment oublier la dent du Spinosaurus ?

Surplombés par la dune du Pilat, nous longeons le banc d'Arguin. Le monstre nageait entre les deux quand Mamisa l'a photographié. Si le bassin d'Arcachon était une tête d'éléphant, ma grand-mère et moi serions actuellement deux fourmis qui remontent sa trompe par en dessous, au niveau de la banane.

Une fois la tente plantée dans le sable, nous allons nous baigner dans l'océan. Heureusement que l'eau est transparente ! Si le Spinosaurus repasse par ici, il sera visible de loin.

Les vagues ne sont pas trop grosses, mais le courant est très puissant. Je dois faire attention à ne pas me laisser emporter vers le large…

Le large, où le Spinosaurus se repose dans la journée. Avant de venir se nourrir dans le Bassin, la nuit…

Même s'il ne se nourrit pas d'humains, il déteste forcément être dérangé dans son sommeil.

Non, je ne suis pas aussi obsédé que j'en ai l'air. Par exemple, je suis distrait quelques secondes par l'excellent chocolat que nous croquons en guise de dessert.

Après le pique-nique, nous revenons nous mettre à l'ombre des grands pins. Mamisa a peur que j'attrape un coup de soleil mais je crois surtout qu'elle veut lire ses messages sur son téléphone.

Elle semble très déçue de ne pas en recevoir. Pendant que je fais la sieste en dessinant des Spinosaurus, elle tourne en rond devant le camping-car.

Soudain, elle se fige, les bras ouverts.

— Charly, on range tout. On part à Andernos !

Je proteste.

— On est trop bien, ici ! Ça ressemble à des vacances.

— Je viens de comprendre un truc très important. Une vraie enquêtrice ne se contente pas d'une seule piste quand elle en a découvert deux.

— Qu'est-ce que tu veux dire, Mamisa ?

— Une dent… Mais deux possibilités ! Première possibilité : un Spinosaurus survivant, réfugié dans le Bassin. Deuxième possibilité : un cambrioleur affabulateur. On doit suivre les deux pistes, mon petit Charly. Pas comme ces enquêteurs paresseux qui provoquent des erreurs judiciaires !

Je ne voudrais surtout pas provoquer une erreur judiciaire. Je préfère aider ma grand-mère à tout ranger dans le camping-car.

Vingt minutes plus tard, nous voilà de nouveau sur la route. Je suis le trajet sur la carte, le GPS et ma boussole. D'abord vers le nord et Arcachon. Puis plein est, à travers des communes qui ont de drôles de noms : la Teste-de-Buch et Gujan-Mestras. Enfin, cap sur le nord-ouest, par Biganos, Audenge et Lanton.

Mamisa déniche un spot pas trop mal, au fond d'une impasse, à Andernos. En plein soleil. Et ça sent très fort le lilas. Mais on ne peut pas faire les difficiles car il y a du monde partout.

Je reprends mon sac à dos et Mamisa son panier. Nous rejoignons le rivage. La marée est basse, ce qui nous permet de marcher tout le temps sur le sable, même entre deux plages.

Le paysage n'a rien à voir avec celui du Petit Nice. Ce matin, c'était le sable et l'océan à perte de vue, le courant et les vagues, la nature sauvage. Cet après-midi, nous sommes au cœur d'une civilisation charmante : les jolies villas anciennes, ou au contraire très modernes, les jardins fleuris, la mer aussi calme qu'un lac.

Nous marchons longuement au soleil, sur le sable mouillé. Chaque fois qu'une villa donne directement sur la plage, nous allons y jeter un coup d'œil. Nous apercevons parfois un salon plein de coussins, une chambre avec une collection de BD, une cuisine de bric et de broc…

L'une des villas est blanche aux volets bleu ciel, avec des ornements de briques à chaque angle et autour des fenêtres. La grande terrasse est entourée d'une balustrade de bois rouge. Une petite annexe indépendante, vitrée sur trois côtés, s'avance jusqu'à la plage.

L'intérieur est aménagé en bureau, avec des étagères pleines de livres, une table sous la fenêtre côté plage, un grand fauteuil de bureau, un autre fauteuil pour la lecture.

Waouh, j'aimerais bien faire mes devoirs avec une vue pareille sur la mer…

Ma grand-mère passe son doigt sur le mastic de la fenêtre.

— Ce gris est plus foncé que celui des autres mastics… Il n'est pas tout à fait sec… On dirait qu'il vient juste d'être posé, dit-elle sur le ton d'Hercule Poirot.

— Tu penses que cette vitre vient d'être réparée, Mamisa ?

— Exactement.

Un trésor de famille

En collant mon visage à la fenêtre, j'aperçois, au fond de la pièce, un meuble vitrine, tapissé de soie rouge. Il est tout vide. On dirait une boîte de chocolats de luxe, quand on a mangé tous les chocolats.

— Vous cherchez quelque chose ? nous interpelle une voix masculine puissante.

Je me retiens de lever les mains. Inutile de me tirer dessus, je suis prêt à tout avouer de notre enquête !

— Presque. Nous cherchons quelqu'un, répond gaiement Mamisa.

Très lentement, je me retourne. Un homme chauve, tout rouge, en tenue de sport, répond à son sourire. Je soupire de soulagement.

— Vous cherchez qui ? demande-t-il, en courant à petites foulées autour de nous.

— Le propriétaire d'une dent de Spinosaurus. Mon petit-fils, ici présent, est fan de dinosaures et…

Je rougis de honte. J'étais fan de dinosaures quand j'avais cinq ans ! Maximum six !

— J'aurais dû m'en douter ! Ah… c'est tellement frustrant ! s'exclame l'homme en s'arrêtant de courir. La dent de mon arrière-arrière-grand-père a été emportée par des cambrioleurs !

— Alors, c'était vous, le…

L'homme pose le pied droit sur la barrière rouge, tendant la jambe à l'horizontale. Il penche le buste en avant.

— Maxence de Petitpré. Cette fameuse dent appartenait bien à notre famille. Je l'aurais volontiers présentée à votre petit-fils.

— Tout le bassin d'Arcachon connaissait l'exist…

— Ah oui, ah ah ! C'est une vieille tradition, chez les Petitpré. On ne compte plus les générations d'enfants, d'Andernos ou d'ailleurs, qui sont venus voir la dent. La phalange de Néandertal avait également son petit succès. Hélas, elle a disparu, elle aussi. Je me demande ce que les voleurs ont fait de ces trésors familiaux.

— J'imagine qu'ils vont les v…

L'homme change de jambe à étirer.

— C'est invendable, des objets aussi rares. La provenance doit être certifiée par des experts, sinon l'objet perd de sa valeur. Mon arrière-arrière-grand-père avait une collection tout à fait exceptionnelle. Une sorte de cabinet de curiosités. Tu connais l'expression ? m'interroge-t-il.

— Unendroitoùonrassembledesobjetsrares, dis-je à toute vitesse.

— Ah, voilà un jeune homme cultivé !

L'homme repose son pied par terre, se retourne, met sa main contre le poteau de la balustrade et tend son bras au maximum. Dans cette position, il tourne le dos à sa maison et fait face au Bassin.

— Regardez-moi ce hors-bord à l'horizon ! s'exclame-t-il d'un air mécontent. Je suis sûr qu'il ne respecte pas la limitation de vitesse. Vous savez que la faune du Bassin est en train de disparaître à cause de la pollution de l'eau ?

Comme ma grand-mère déteste être interrompue, elle ne répond rien. Il change de main pour étirer l'autre bras.

— Pour revenir à notre chère dent disparue, je suis vraiment désolé, je ne peux rien pour vous. Vous êtes en vacances par ici ?

Je vois que Mamisa fait un énorme effort. Le jeu en vaut la chandelle.

— Je suis l'heureuse propriétaire d'un camping-c...

— Repassez dans quelques jours, je vous dirai s'il y a du nouveau. Je doute fort que ce cambriolage soit prioritaire pour les gendarmes.

— **MERCI MONSIEUR, AU REVOIR !** hurle ma grand-mère pour couvrir ses paroles.

Nous le saluons de la main en nous empressant de nous éloigner.

— Quel type insupportable ! commente Mamisa, exaspérée.

— Il avait des côtés sympas. Comme de montrer les trésors de son ancêtre à tous ceux qui étaient intéressés.

— Oui. Mais écoute-moi bien, mon petit Charly. Quand on ne sait pas écouter les autres, on est sûr de rater des infos importantes.

Je réfléchis.

— Si Maxence de Petitpré nous avait écoutés, tu lui aurais raconté notre enquête ?

— Évidemment. On aurait parlé de la dent de Paul, plantée dans la coquille. On aurait proposé de la lui montrer, dès que Kam aura fini de l'étudier. Et bien sûr, s'il s'avère que c'est la sienne, on la lui aurait rendue. Eh bien, tant pis pour ce crétin !

Je soupire.

— Tant pis pour nous, tu veux dire… J'aurais bien aimé savoir si c'était la même dent.

La photo choc

Nous marchons un moment dans un silence morose.

Bien que nous ayons repéré la villa, notre enquête n'a guère avancé. Qu'avons-nous appris de neuf, sinon que le bassin d'Arcachon était pollué ?

Fatigués de marcher, nous nous asseyons sur le sable sec, en nous adossant au mur d'une autre villa. Je profite de cette pause pour sortir la tablette et me renseigner sur la pollution du Bassin. J'apprends que les milliers de bateaux à moteur rejettent trop d'hydrocarbures. Mais qu'en plus, les peintures antisalissures des coques sont hyper toxiques.

Si on ne fait rien, tous les animaux, petits et grands, auront bientôt disparu. Ce paysage de carte postale ne sera plus qu'un décor sans vie. On ne pourra plus manger d'huîtres. Peut-être qu'un jour, on ne pourra même plus se baigner.

Les larmes me montent aux yeux. Les méduses, les anémones de mer, les mollusques, les poissons et les oiseaux n'ont pas le droit de vote. Ils ne peuvent participer à des manifestations. Alors, qui va les défendre ?

Eh bien, des associations ! Elles se battent pour sauver la faune et la flore du Bassin. J'espère qu'elles obtiendront gain de cause, avant qu'il ne soit trop tard. Ça me fait du bien qu'elles existent.

Pendant que je surfe sur Internet, Mamisa consulte son téléphone portable.

— L'article est paru ! s'écrie-t-elle avec enthousiasme.

Nous le lisons ensemble. Une première fois en diagonale, une seconde fois en savourant chaque mot. Comme prévu, la journaliste a changé nos noms. Nous sommes devenus **« de sympathiques vacanciers, une grand-mère et son petit-fils de 11 ans, Diane et Johan »**.

Zhora Raimi raconte nos aventures avec fidélité. Les deux clichés semblent confirmer l'hypothèse du Spinosaurus : la dent plantée dans la coquille et l'ombre au pied de la dune.

En découvrant la seconde photo améliorée, ma grand-mère et moi sommes stupéfaits. Le logiciel a fait des merveilles ! Au lieu d'une vague silhouette sombre au fond de l'eau, on voit distinctement la tête au long museau dentelé, le cou plein d'écailles pointues et la nageoire dorsale en forme d'éventail.

J'en ai la chair de poule.

J'ai une idée. Très bonne, mais aussi, je l'avoue, très bizarre. Par chance, Mamisa adore les idées bizarres. Elle est donc d'accord.

Après le dîner sur le trottoir de l'impasse, où tout a le goût de lilas (la salade de tomates, les œufs durs, le pain de seigle, le fromage de chèvre, et même les abricots), nous repartons à pied vers la mer.

Nous faisons un détour pour ne pas passer devant la villa du descendant du collectionneur. Ni ma grand-mère ni moi n'avons la moindre envie de bavarder avec lui.

Voilà la promenade piétonne d'Andernos, celle qui surplombe la plage. La lumière du soir allonge les ombres. Elle blanchit le sable et fait miroiter l'eau. L'air est tiède et doux, très agréable.

Nous empruntons la longue jetée qui s'avance au-dessus de la mer. Le sol en bois et la rambarde arrondie font penser au pont d'un paquebot. La marée est assez haute pour entourer les piliers massifs.

Tout au bout, un espace plus large de forme carrée avec des bancs permet d'admirer la vue. D'un côté, les charmantes villas et les arbres. De l'autre, l'immense eau bleue qui scintille, reflétant le ciel.

Au loin, un horizon de petites hauteurs où les lumières commencent à s'allumer. Elles nous rappellent que nous ne sommes pas en pleine mer, mais au fond d'une lagune, créée par un cours d'eau.

Mais nous ne sommes pas venus admirer la vue. Je prends mes jumelles dans mon sac à dos, Mamisa les siennes dans son panier d'osier. Après avoir jeté un coup d'œil plein de curiosité aux derniers bateaux qui rentrent au port, nous tournons le dos à la mer.

Sur la plage, des familles jouent au Mölkky, ou bien elles tentent de sauver un château de sable de la marée montante. Des jeunes placés en rond se lancent un ballon de volley. Des amoureux se promènent en se donnant la main. Quelques chiens courent en liberté, malgré l'interdiction affichée partout.

Sur la place juste au-dessus, les gens dînent ou prennent un verre en terrasse. Eux aussi semblent détendus, heureux.

Au total, il doit y avoir une centaine de personnes à portée de jumelles… Parmi eux, une bonne vingtaine consulte son téléphone portable, à l'instant même.

J'en repère un qui semble avoir gagné au loto. Il se fige de surprise. Puis, très excité, il montre l'écran à tous ceux qui l'entourent. Enfin, il court vers la balustrade de front de mer. Il met sa main devant ses yeux pour se protéger du soleil couchant et regarder vers l'horizon.

Pendant que je l'observe, Mamisa découvre un autre individu qui se conduit exactement

de la même façon. J'en trouve encore trois autres. Ensuite, je cesse de les compter.

En quelques minutes, un mouvement de foule s'est créé. Les gens courent vers la balustrade, sautent sur la plage ou foncent vers la jetée. Ils crient et font de grands gestes.

En passant, ils informent probablement les joueurs de Mölkky, les volleyeurs, les sauveurs de châteaux de sable et les promeneurs de chien. Qui se mettent à agir de la même façon.

Je suis fasciné.

— Ils ont lu l'article, dit Mamisa, tout aussi fascinée que moi. Ils espèrent tous apercevoir le Spinosaurus !

Un dinosaure dans le bassin d'Arcachon, la nouvelle n'est pas banale. En plus, tout le monde découvre l'information en même temps !

Un rempart tout maigre

Brusquement, je prends peur. Un gros bouchon de curieux s'est formé à l'autre bout de la jetée. Ceux qui réussissent à se frayer un chemin marchent à grands pas vers son extrémité : le carré où nous sommes, Mamisa et moi.

Ce n'est pas nous qui les intéressons. Ils ne peuvent pas savoir que nous sommes à l'origine de l'article. Ils ont juste compris qu'ils avaient plus de chance d'apercevoir le Spinosaurus en se postant à cet endroit.

J'attrape le bras de ma grand-mère.

— Mamisa ! Vite ! Range tes jumelles ! On s'en va avant de se faire écrabouiller !

Elle comprend tout de suite que j'ai raison. Mais aussi qu'on est pris au piège.

— Où veux-tu qu'on aille, mon Charly ?

D'un large coup d'œil, je fais le point sur la situation.

Une foule grossissante nous bouche le passage vers la promenade. Sous nos pieds, la marée montante nous interdit d'accéder à la plage à pied. Revenir à la nage serait possible mais risqué, sans compter qu'on perdrait le contenu du panier et du sac à dos.

Si seulement j'avais un grand bout de bois, un parapluie, un balancier de funambule, je me placerais devant ma grand-mère et je menacerais ceux qui voudraient la bousculer.

Je dois me contenter de lui faire un rempart de mon corps. Mais quelle est l'efficacité d'un rempart, s'il est deux fois plus maigre que le trésor qu'il doit protéger ?

Ça ne marchera pas.

— On va escalader la rambarde et s'accrocher de l'autre côté, dis-je avec plus d'assurance que je n'en ressens.

J'aide ma grand-mère à passer la première. Elle enjambe la solide barre de métal, s'accroupit de l'autre côté et s'agrippe aux montants. Pour qu'elle ne perde pas son panier, nous le calons entre la rambarde et son ventre.

— Heureusement que je n'ai pas commencé mon régime, dit-elle.

Je la rejoins, mon sac sur le dos. Juste à temps. La foule commence à envahir le carré.

Dans cette étrange position, nous assistons à un spectacle encore plus étrange, à la fois joyeux et effrayant. Au-dessus de nos têtes, les gens se bousculent et sautent pour tenter d'apercevoir quelque chose, tout en se racontant des histoires de dinosaures.

Il y a ceux qui collectionnaient des images quand ils étaient petits. Ceux qui ont vu le film *Jurassic Park*. Ceux qui ont lu une encyclopédie entière sur les animaux du crétacé. Et même certains qui avaient un Tyrannosaurus rex en peluche, comme doudou.

Comment des animaux aussi dangereux peuvent-ils susciter autant de sympathie ?

Uniquement parce qu'en théorie, ils ont disparu bien avant la naissance de tous ces gens. Jamais les humains de notre époque n'ont eu peur de croiser un Tyrannosaurus rex au coin d'un bois !

— J'ai une crampe, dit Mamisa en agitant sa jambe dans le vide. Je ne sais pas si je vais pouvoir tenir longtemps.

Une nouvelle alarme s'allume dans mon cerveau. Ma grand-mère risque de décrocher de son perchoir et tomber dans l'eau ! Son panier sera fichu mais, surtout, peut-être sera-t-elle trop épuisée pour nager jusqu'à la plage…

Une idée géniale

Tout à coup, je viens d'avoir une nouvelle idée.

— Cinq minutes, Mamisa, ça pourra aller ?

— Je peux aller jusqu'à six, blague-t-elle courageusement.

— Tiens bon, on va réussir !

Tout en serrant d'une main le montant de la rambarde, je réussis, de l'autre, à poser la tablette sur mes genoux. En me connectant, je découvre que l'article de Maxime Leroy a été commenté par toutes les télés, y compris la fameuse chaîne d'infos continue : **MDR-FM**.

En quelques clics, je vais sur le site de la chaîne et j'envoie un message :

Le Spinosaurus du bassin d'Arcachon a été aperçu devant la jetée d'Andernos. Il semble affamé.

En moins d'une minute, mon message est repris partout ! Avec beaucoup de précautions, je range la tablette. Ce serait bête de la perdre dans la mer.

De toute façon, je n'en ai plus besoin. Je vois en direct l'effet de mon message. Le flot des nouveaux arrivants se tarit. Les parents de jeunes enfants s'éclipsent les premiers, suivis des personnes âgées.

Même les plus curieux préfèrent revenir sur la promenade. Si le Spinosaurus sort de l'eau, ils courront se réfugier dans les petites rues derrière.

Dès qu'il y a assez de place sur le carré, je me redresse et passe par-dessus la rambarde.

J'attrape le panier, je le cale en sécurité à mes pieds. Je soutiens ma grand-mère pendant qu'elle me rejoint.

— Aïe mon dos ! Ouille mes jambes ! gémit Mamisa en s'étirant dans tous les sens.

Les derniers amateurs de dinosaures sont partis. Dans le carré désert, j'aide ma grand-mère à s'asseoir sur un banc. Elle se masse les chevilles, quand un énorme bruit nous fait lever la tête.

Superstars !

Ce n'est pas le Spinosaurus qui rugit de faim en nous apercevant… mais un hélicoptère de la gendarmerie maritime !

Il s'immobilise au-dessus de nous. Un gendarme sort sa tête de l'habitacle.

— Cette dame est blessée ?

Piquée au vif, ma grand-mère bondit sur ses pieds.

— Tout va très bien, Monsieur le gendarme, merci !

— Oui, tout va bien. Merci beaucoup, dis-je, sincèrement reconnaissant de leur présence.

Maintenant que le danger est passé, je tremble d'une peur rétrospective. Je me demande ce qui est le plus effrayant : un monstre surgi de la nuit des temps, ou bien une foule qui risque de vous écraser.

Je remarque alors, derrière la tête du gendarme, un jeune homme. Il nous filme, une caméra sur l'épaule, le logo de **MDR-FM** bien en vue.

En tournant la tête de tous côtés, je découvre plusieurs navires de la gendarmerie maritime, vedettes et canots à moteurs. D'autres bateaux – pinasses, catamarans, barques – conduisent des groupes serrés de journalistes et de cameramen. Tous convergent vers la jetée.

Et donc, vers ma grand-mère et moi.

— Mamisa, vite, on rentre chez nous !

Trop tard ! Voulant doubler les journalistes des bateaux, le reporter de **MDR-FM** saute de l'hélicoptère sur la jetée. Il tend son micro vers nous.

— Vous avez vu le dinosaure ?

Sans doute troublée par cette gloire soudaine, Mamisa ne peut s'empêcher de répondre.

— C'est bien possible.

— Vous avez vu quoi, exactement ?

— Une ombre. Au fond de l'eau.

— Quel genre d'ombre ?

— La silhouette d'un Spinosaurus.

— Oh là là, commente le journaliste avec enthousiasme. Une nouvelle incroyable, qui nous vient tout droit du bassin d'Arcachon, sur la jetée d'Andernos, où je me trouve actuellement.

Il tend de nouveau son micro.

— Vous vous sentez comment ? Ça a dû être une émotion incroyable !

— Euh… un peu fatiguée, reconnaît Mamisa, dont les jambes tremblent toujours.

Pas satisfait, le journaliste tourne le micro vers moi.

— Et vous, jeune homme, vous l'avez vu ?

— Je crois, dis-je prudemment.

— C'est tellement excitant ! Qu'est-ce que vous ressentez ?

À cet instant, toutes les émotions du jour se brouillent dans ma tête.

— Trop compliqué à expliquer, dis-je avec la plus grande sincérité.

Très déçu, il renonce à nous tirer les vers du nez. Il se précipite vers les gendarmes qui débarquent.

Je supplie ma grand-mère à voix basse :

— On s'en va, Mamisa, je t'en supplie, je n'en peux plus.

— Oui, mon Charly. On file à l'anglaise. De toute façon, je crois qu'on n'apprendra rien de plus en restant ici.

Nous récupérons nos affaires avant de nous enfuir. Derrière moi, le journaliste clame dans son micro.

— Je suis maintenant avec la gendarmerie. Vous venez pister le dinosaure ?

— Pas du tout. Nous avons reçu une alerte au sujet d'un mouvement de foule sur la jetée.

MDR
FM

— En traversant le Bassin en bateau, avez-vous aperçu le dinosaure ?

— Ce Spinosaurus présumé ? Il n'existe pas. Il ne faut pas croire tout ce que racontent les gens ! Demandez aux spécialistes. Ils sont unanimes. Les derniers dinosaures ont disparu il y a très longtemps. Cette histoire est forcément un canular.

Un soupçon de science

Bonne nuit, mon héros, me dit ma grand-mère avant de monter dans son lit haut perché.

— Je n'ai fait que mon devoir ! Et d'abord, tout est de ma faute. C'est moi qui ai eu l'idée d'aller observer les gens sur la jetée.

— Ne sois pas si modeste, Charly. Tu m'as sauvé la vie ! Tu as fait preuve de beaucoup de présence d'esprit.

J'espère qu'elle a raison. Maintenant, j'aimerais dormir du sommeil du juste. Hélas, dès que je ferme l'œil, j'imagine que je fais à ma grand-mère un rempart de mon corps, face à une foule de Spinosaurus.

De son côté, elle sombre aussitôt dans le sommeil, comme le révèlent ses ronflements.

Je me relève. Sur la pointe des pieds, je vais chercher la tablette. Je sais que ça ne va pas m'aider à m'endormir. Au contraire ! Mais après tout, les circonstances sont exceptionnelles. Ce n'est pas tous les jours qu'on enquête, au choix, sur un canular monstrueux ou un monstre canulardesque.

Bref, je consulte quelques sites d'infos. Malgré l'avis des scientifiques, le monstre d'Arcachon a un succès considérable. Les journalistes accourent du monde entier pour couvrir l'affaire ! D'ailleurs, depuis tout à l'heure, les témoignages ne cessent d'affluer. Ils vont tous dans le même sens.

Le Spinosaurus a été aperçu en fin d'après-midi à l'entrée du Bassin, par des touristes qui visitaient le phare du Cap Ferret. Ils ont cru qu'il s'agissait d'un banc de sable un peu plus haut que les autres… jusqu'à ce qu'ils entendent parler du monstre et qu'ils fassent le rapprochement.

En début de soirée, un adolescent qui faisait du kitesurf a vu brièvement le dinosaure, alors qu'il avait le soleil dans les yeux. Il aurait bien pris une photo comme preuve. Mais suspendu au cerf-volant, les mains agrippées à la barre de pilotage, à cinq mètres au-dessus du sol, et sans son téléphone, comment l'aurait-il pu ?

Une vidéo troublante circule. On y voit un truc flou qui rampe sur l'île aux Oiseaux, à la lumière des étoiles. La plupart des scientifiques soutiennent qu'aucune lignée de dinosaure n'a pu survivre jusqu'à aujourd'hui. Rares sont ceux qui soutiennent le contraire. Mais ce sont ces derniers que les télés préfèrent inviter. Ils font plus d'audience.

— Les fosses marines existent, soutient un vieux professeur barbu aux longs cheveux blancs. Des lignées de Spinosaurus ont très bien pu survivre à l'intérieur pendant des milliers d'années. Mais les activités humaines font diminuer drastiquement le nombre de poissons. Il est possible que le Spinosaurus du bassin d'Arcachon soit l'un des derniers de son espèce. Il s'est introduit là pour manger des huîtres, parce qu'il n'avait plus rien à se mettre sous la dent dans les profondeurs de l'océan !

Pendant qu'il s'exprime, des internautes lancent une pétition en ligne :

SAUVEZ LE DERNIER SPINOSAURUS !

— Comment aider cet orphelin ? demande le journaliste qui mène l'interview. Faut-il le mettre dans un zoo ?

— Je propose de faire sauter la dune du Pilat, répond le professeur. De manière à fermer le bassin d'Arcachon. On en fera une réserve naturelle de grande taille où sa protection sera assurée.

— Et les touristes ? Les bateaux ? Les parcs à huîtres ?

— Il est temps d'arrêter le tourisme de masse. Alors, oui, il faudra interdire tous les bateaux. En revanche, je pense qu'on pourrait conserver les parcs à huîtres, à condition que les ostréiculteurs s'engagent à nourrir le Spinosaurus.

Aussitôt, deux nouvelles pétitions en ligne sont lancées :

VIVE LE TOURISME DÉMOCRATIQUE !

SAUVONS LES HUÎTRES DU BASSIN !

Perplexe, je change d'avis toutes les trois secondes. Je suis persuadé que toute cette histoire n'est qu'une grosse blague d'un goût douteux. L'instant d'après, l'existence du monstre ne fait aucun doute à mes yeux.

Avant de ranger la tablette, j'ouvre la messagerie de Mamisa. Si je tombe sur des messages d'amoureux, je me jure à moi-même que je ne les lirai pas. Sa vie privée ne me concerne pas, contrairement à notre enquête.

Un message de Kam et Sam ! Je l'ouvre.

Chère Isa, cher Charly,

Nous avons du nouveau ! Figurez-vous qu'en observant la dent au microscope, nous avons constaté qu'il y avait des traces de vernis. Le vernis est souvent utilisé par les archéologues amateurs pour, croient-ils, protéger leurs trouvailles du temps qui passe… Ils feraient mieux de les confier aux conservateurs professionnels qui travaillent dans les musées…

En tout cas, cela signifie que cette dent ne sort pas tout droit de la mâchoire d'un animal. Elle est passée entre les mains d'un collectionneur. Il est donc extrêmement probable qu'il s'agit de la dent volée à Andernos. Ces dents sont tellement rares ! Officiellement, il n'en existe que trois au monde.

SHONCHON
SPINO

Il faudrait informer les gendarmes, ou bien le propriétaire. Voulez-vous le faire ? Préférez-vous qu'on s'en charge ?

Amicalement à tous les deux,

Kam & Sam

Quel coup de théâtre ! Cette fois, c'est certain, tout ça n'est qu'une grosse arnaque au succès planétaire.

J'ai le tournis. Des centaines, des milliers, peut-être des milliards de personnes ont été bernées !

Parce qu'elles avaient envie d'y croire ? Parce que ça les faisait rêver ?

Eh bien, moi, au contraire, je vais enfin pouvoir dormir sur mes deux oreilles !

D'innocents touristes

— Qu'est-ce qu'on fait, Mamisa ? dis-je, en me pinçant le nez.

Je tente de préserver mes narines des odeurs de lilas.

Nous prenons notre petit-déjeuner dans l'impasse, sur le trottoir, au soleil. Ma grand-mère vient de regarder ses messages. Elle reste pensive un instant.

— Pour commencer, dit-elle plus prudemment que d'habitude, je vais répondre à Kam et Sam. Elles peuvent transmettre la dent aux gendarmes. Pour qu'ils la rendent à Maxence de Petitpré. Je n'ai aucune envie de revoir ce monsieur.

— Excellente idée. Et ensuite, on arrête l'enquête. On sait maintenant que toute cette histoire n'est qu'une grosse blague.

Mamisa acquiesce distraitement.

— Nous allons redevenir d'innocents touristes, propose-t-elle.

Ravi, je saute sur mes pieds.

— Génial !

— Et si on visitait la ville d'Arcachon ? Il paraît qu'elle vaut le voyage !

J'aurais préféré revenir tout de suite au Petit Nice, mon spot préféré. Mais je suis trop content que Mamisa ait mis de côté sa vocation d'enquêtrice. J'approuve donc avec enthousiasme.

Une heure plus tard, l'éléphant blanc est garé dans une rue tranquille à l'entrée d'Arcachon. Nous partons explorer la ville à vélo. Sans oublier nos maillots de bain, comme de vrais vacanciers.

Chaque quartier est nommé en fonction d'une saison. Nous commençons la visite par l'automne, ce qui n'est pas logique pour le calendrier, mais très logique pour notre parcours.

Nous longeons deux ports, l'un pour les pêcheurs, l'autre pour les plaisanciers. Ça me rappelle la remarque de Maxence de Petit-pré sur les produits pour les coques qui sont très polluants. Sous nos yeux, les bateaux à moteur se comptent par milliers. Et il existe plusieurs autres ports autour du Bassin, qui abritent des centaines d'autres bateaux à moteur.

Nous empruntons la plus belle piste cyclable du monde, à mon modeste avis. Elle traverse la plage sur des caillebotis de bois. Au lieu de risquer notre vie au milieu des pots d'échappement, nous pédalons au-dessus du sable en emplissant nos poumons d'air marin.

Nous en profitons pour aller nous baigner. Ici, aucune vague, de l'eau transparente et presque tiède, j'adore.

Nous sommes dans la ville d'été, celle des plages et des terrasses de café, sous les palmiers et les mimosas géants. Comme c'est l'heure de déjeuner, Mamisa m'invite au restaurant !

Quel moment délicieux ! Nous bavardons de tout et de rien, sauf du Spinosaurus imaginaire. J'apprends comment effeuiller un poisson du bout du couteau, pour me régaler sans le transformer en bouillie.

En repartant, nous reprenons le front de mer vers la ville de printemps, celle des parcs et des équipements sportifs. Puis nous grimpons une côte très raide, en poussant notre vélo.

La ville d'hiver se trouve de l'autre côté. Abritée des vents du large, elle s'est développée pour accueillir les malades de la tuberculose. Une maladie qu'on ne savait pas soigner avant l'invention des antibiotiques.

Nous y admirons les plus belles villas d'Arcachon. Certaines sont grandioses et snobs, mais d'autres très rigolotes, avec de petits perrons, des toits pointus, des décors en bois presque aussi fins que de la dentelle.

Mes mollets sont fatigués mais moi, je suis d'excellente humeur quand nous retrouvons le camping-car.

— Quelle bonne journée de tourisme ! dis-je en me laissant tomber sur un siège, face à un énorme goûter.

— Une journée parfaite, dit Mamisa d'un ton plein de mystère.

Elle se penche vers moi à travers la table de camping et ajoute à voix basse :

— Parfaite pour réactiver notre couverture.

Je recule, stupéfait.

— Quelle couverture ?

— Voyons, Charly... Celle qui nous permet de passer pour d'innocents touristes ! Le temps pour nous de prendre du recul... De réfléchir plus efficacement.

— Mais... je croyais qu'on avait résolu l'énigme ! Le Spinosaurus n'est qu'une grosse blague, on en a la preuve : les traces de vernis sur la dent.

— Résolue, l'énigme, vraiment ? Et qui est à l'origine de cette blague ? Et pourquoi s'être donné tout ce mal ? Tu peux me le dire, Charly ?

— Ce n'est pas grave, on s'en fiche, Mamisa.

— On ne s'en fiche absolument pas ! Cette affaire est très grave.

— Laissons faire les gendarmes !

— Ils n'étaient pas aux premières loges, comme nous. Et d'abord, j'ai accepté de m'occuper de cette affaire, je dois aller jusqu'au bout.

Je pousse un énorme soupir de lassitude. Ma grand-mère, au contraire, est pleine d'énergie malgré cette journée sportive.

— Fais-moi confiance, mon petit Charly. Un peu de cuisine, et je te promets d'avoir tout résolu avant demain. Ensuite, on ira s'installer dans ton spot préféré.

Comment résoudre une énigme en faisant la cuisine ? De toute façon, comment cuisiner autre chose que des salades de tomates ou des sandwichs au jambon dans cette cuisine-placard, avec une mini plaque électrique et un mini frigo ?

J'ai dû bougonner à voix haute sans m'en rendre compte.

— Tu exagères, dit Mamisa en souriant.

Malgré mes doutes, j'aide galamment ma grand-mère à porter le sac des courses : trois pots de beurre de cacahuète, un kilo de sucre, du chocolat à cuire et des raisins secs.

Avec curiosité, je la regarde malaxer le beurre de cacahuète avec le sucre et les raisins, enrober le résultat de chocolat fondu et mettre le tout au frigo.

Elle s'éloigne pour téléphoner. À son retour, elle annonce que nous repartons au village de l'Herbe. Elle a invité Paul Laperle à prendre le thé et il a accepté.

— Charly, écoute-moi bien, poursuit-elle d'un ton solennel. Quand je servirai le gâteau, tu feras juste semblant d'en manger. Tu ne dois **SURTOUT PAS** en mettre dans ta bouche.

Je suis terrorisé.

— C'est un gâteau empoisonné ? Tu veux assassiner l'ostréiculteur ?

Elle éclate de rire.

— Tu es un vrai pince-sans-rire, parfois ! Mais non, gros bêta, je veux juste l'endormir.

— Le gâteau est imbibé de somnifère ?

— Pas du tout ! Les ingrédients sont cent pour cent naturels. Simplement, il est un peu lourd à digérer. Il suffit d'en prendre une cuillérée pour sombrer instantanément dans le sommeil. Un truc très pratique. C'est mon arme secrète.

L'arme secrète de Mamisa

Pendant le trajet vers l'Herbe, à bord du camping-car, je tente d'en savoir plus.

— Tu as déjà testé ton arme secrète sur quelqu'un ?

Elle sourit d'un air entendu.

— Pourquoi m'en priver ? Ça marche à tous les coups.

— Sur qui, par exemple ?

— Eh bien… sur mon chef, le jour de mon pot de départ. Dès qu'il s'est endormi, on a pu se détendre avec mes collègues… Et sur une voisine, à la fête des voisins, parce qu'elle donnait des leçons de morale à tout le monde… Et je t'avoue, mon Charly, un jour, je l'ai testée sur ton père, ton oncle Frédéric et ta cousine Charlotte. Il y avait un match de la coupe du monde du foot, le jour de mes soixante ans ! Grâce à ce gâteau, j'ai ouvert mes cadeaux sans qu'on soit tous distraits par leurs cris de fous.

Quoi ? Je me souviens très bien de cette soirée ! J'avais six ans et je m'étais demandé pourquoi la moitié des invités s'étaient endormis au milieu de la fête. Les pauvres… J'espère qu'ils n'ont pas raté trop de buts.

Le spot qui domine le village de l'Herbe a été envahi par deux autres camping-cars. Nous devons nous rabattre sur une place sans vue, dans une rue passante.

— Tant pis. On ne restera pas longtemps, affirme ma grand-mère.

Je ne sais pas exactement quel est son plan mais j'ai décidé de ne pas le lui demander. Comme ça, on ne pourra pas m'accuser d'être son complice. Si on la met en prison, je garderai ma liberté et j'en profiterai pour lui apporter des abricots.

Le trottoir étant encore plus passant que la chaussée, nous décidons de servir le thé chez nous, à l'intérieur du véhicule.

— Ce sera plus discret, murmure Mamisa avec un clin d'œil.

En guise de nappe, elle déploie l'une de ses plus belles écharpes d'été : un coton très léger et transparent, vert clair, avec des étoiles de mer argentées. Dessus, elle pose trois mini assiettes, trois cuillers et trois tasses.

À 16 h 40, elle prépare du thé à la bergamote.

À 16 h 42, je prends la tablette et je jette un coup d'œil à l'actualité. On parle toujours du Spinosaurus.

Le monstre du Loch Ness étant surnommé Nessie, des vacanciers ont organisé un vote pour baptiser celui d'Arcachon. Les deux propositions actuellement en tête sont :

Spino, avec 2 567 voix.

Chonchon, avec 1 999 voix.

Pourtant, d'après un chercheur spécialiste des fake news, si beaucoup de gens ont cru apercevoir le monstre, c'est parce qu'ils en avaient très envie. Et non parce qu'il existe.

L'image la plus nette, celle qui a été prise par Mamisa du haut de la dune du Pilat, a été analysée par un journaliste. Il a conclu qu'elle avait été truquée. L'ombre floue du fond de l'eau a été mélangée au dessin d'un hippocampe !

Ma grand-mère et moi ouvrons des yeux ronds. Mais la démonstration est implacable.

Mamisa est scandalisée :

— Alors, comme ça, Zhora Raimi s'est moquée de nous ?

Ses rugissements augmentent.

— Je suis remontée comme une pendule !

Je commence à avoir peur pour Paul Laperle, qui ne devrait plus tarder.

À 17 heures, un homme jeune et souple, blond au teint mat, surgit à l'angle, traverse la rue et se dirige vers nous.

— Madame Bourlinguette, Charly, comment allez-vous ? Vous avez suivi l'actualité ? On ne parle plus que notre Spinosaurus !

— Nous allons très bien, merci, répond sèchement Mamisa. Notre enquête a bien avancé… Nous sommes impatients de tout vous raconter. Mais d'abord… vous prendrez bien une tasse de thé ?

Il nous suit dans le camping-car et prend place près de la table. Pendant que Mamisa sert le thé, je sors le gâteau du frigo.

— Un gâteau ! Il ne fallait pas, Madame Bourlinguette.

— On discute toujours mieux autour d'un bon plat, vous ne trouvez pas ?

— Si, bien sûr.

Il rit. Ma grand-mère sert une part à chacun. Elle fait semblant de commencer à manger. Il met une cuillérée dans sa bouche.

— Miam… C'est délicieux.

Il bat des paupières.

— C'est à quoi, exactement ?

— Ah, ah… secret de famille…

Sa tête commence à dodeliner. Vite, j'attrape un coussin. Je le glisse à la place de l'assiette juste à temps, avant que son menton heurte la table.

Il ferme les yeux et, confortablement installé, s'endort profondément.

— Bien joué, Charly, chuchote ma grand-mère.

— Et maintenant, qu'est-ce qu'on fait ?

— On le fouille, évidemment.

Pris au jeu, j'attrape entre les doigts le portefeuille qui dépasse de sa poche. Je tire dessus. Pendant ce temps, Mamisa extirpe délicatement le téléphone portable de son autre poche.

— On cherche quoi, exactement ?

— Aucune idée. Je sais juste qu'il nous a menti au sujet de la dent. Une pièce de musée aussi rare, il ne peut pas l'avoir trouvée par hasard, plantée dans une coquille d'huître au fond de la vase, au milieu de centaines d'autres coquilles d'huîtres ! Il l'avait cachée sur lui.

— Tu veux dire que Paul est le complice du blagueur ?

— Forcément.

Elle a raison. Cette évidence balaie mes derniers scrupules.

Le cobaye résiste

Méthodiquement, je regarde chaque papier du portefeuille.

Un permis de conduire voiture.

Un permis de conduire bateau.

Il les a obtenus l'un et l'autre l'année de ses dix-huit ans.

Une pièce d'identité, avec une photo de lui quand il avait quinze ans. Il était tout joufflu à l'époque !

Une carte bancaire, quelques billets de banque. Pas très intéressant.

Quelques cartes de fidélité. J'apprends que Paul Laperle fait ses courses au supermarché Grand Choix Petit Prix. Qu'il passe ses samedis soir au Rap Club d'Arcachon. Qu'il est inscrit à la médiathèque de Lège-Cap Ferret. Qu'il mange régulièrement à la crêperie bretonne du Bassin.

De son côté, Mamisa se bat avec le code du téléphone.

— 1234 ? Non. 0000 ? Non plus… Charly, tu peux me donner sa date de naissance ?

Je la trouve sur la pièce d'identité. Ma grand-mère essaie l'année… Puis le jour et le mois…

— Toujours pas.

Elle a parlé trop fort. Paul ouvre un œil vaseux. Vite, Mamisa lui pince le nez vers le haut, ce qui déclenche l'ouverture de la bouche. Encore plus vite, je fourre dedans une autre cuillérée de gâteau.

— Ce jeune homme est beaucoup plus résistant que tous mes autres cobayes, chuchote-t-elle. Nous n'avons plus que quelques minutes de répit.

Un souvenir me traverse l'esprit.

— 3341 !

Elle essaie. Ça marche !

— Charly, tu m'épates ! D'où tu sors ce nombre ?

— C'est le numéro de sa barque !

D'un même élan, nous nous penchons au-dessus de l'écran. Il faut agir avant le réveil de Paul. Je conseille à Mamisa de rechercher le mot Spinosaurus dans la messagerie.

Une conversation apparaît ! Il y est question d'une « opération Vivaldi », qu'il faut, je cite « lancer au plus vite à l'aide du Spinosaurus » !

— Ah, ah, chuchote Mamisa avec satisfaction.

Paul grommelle. Mon instinct me souffle qu'il va bientôt se réveiller. Nous n'avons pas le temps d'en apprendre plus, hélas. Mamisa remet le portable à sa place, et moi le portefeuille.

Avant de nous asseoir, nous n'oublions pas de jeter nos parts de gâteau à la poubelle.

— Je crois que j'ai fait un petit roupillon, dit Paul, tout étonné, en bâillant à s'en décrocher la mâchoire.

— Cette recette est un peu lourde, reconnaît Mamisa en riant.

— C'est bizarre… D'habitude, je supporte bien les plats lourds. J'ai un boulot très physique.

Mais oui ! Voilà pourquoi l'ostréiculteur a mieux résisté à l'arme secrète de Mamisa que toutes ses autres victimes.

Quelques bâillements plus tard, il enchaîne :

— Quoi de neuf à propos de l'enquête ?

Tranquillement, ma grand-mère lui raconte la vérité. Ou du moins, une partie de la vérité. La dent est passée entre les mains d'un collectionneur, après avoir été perdue par le Spinosaurus, il y a fort longtemps. Nous sommes donc face à une arnaque.

— Votre parc à huîtres a été détruit par quelqu'un qui voulait rendre crédible l'existence du Spinosaurus, conclut-elle.

Paul acquiesce.

— Je suis parvenu à cette conclusion, moi aussi. À la réflexion, il suffit de foncer sur le parc avec une barge pour détruire une rangée de piquets.

Mamisa ne fait aucune remarque sur le fait qu'il a organisé lui-même la découverte de la dent. Elle ne parle pas non plus de la photo truquée. Elle se contente de dire qu'elle ne peut rien de plus pour lui.

L'ostréiculteur se lève. Il nous serre la main avec chaleur, en nous remerciant pour le gâteau, ainsi que pour notre enquête très sérieuse. Puis il s'en va.

— Non, mais, et quoi encore ? s'exclame Mamisa dès qu'il a tourné au coin de la rue. Il s'est bien payé notre tête ! J'ai failli lui demander s'il était prêt à nous recommander à ses amis ! Eh bien, on va lui prouver qu'on n'est pas des enquêteurs bas de gamme ! Charly, tu es en pleine forme, j'espère ? Je crois qu'il est temps de s'attaquer à l'opération Vivaldi !

Je préférerais m'occuper autrement. J'allume la tablette, pendant qu'elle va et vient le long du trottoir, en réfléchissant à voix haute :

— Opération Vivaldi… murmure-t-elle. opération Vivaldi… Qu'est-ce que ça peut bien vouloir dire ?

Opération Vivaldi

Elle finit par me donner le tournis. Je pose la tablette et ferme les yeux.

— Vivaldi était un compositeur de musique classique.

— Oui… dit la voix de Mamisa, d'un ton très concentré.

— Il était italien.

— Continue…

— Sa musique est de style baroque. Il est né à Venise un jour de tremblement de terre. On le surnommait le prêtre roux. Parce qu'il était roux. Et prêtre.

Ma grand-mère éclate de rire.

— Charly ! Je suis bluffée par ta culture ! Comment tu sais tout ça ?

— Je viens de lire sa biographie sur internet, Mamisa !

— Bien joué. Qu'as-tu retenu d'autre ?

— Son œuvre la plus célèbre s'appelle *Les Quatre Sais*…

Je m'interromps.

— *Les Quatre Saisons* ! Comme les quartiers de la ville d'Arcachon ! Mamisa, « Opération Vivaldi » est un nom de code pour Arcachon !

Ma grand-mère s'arrête de tourner en rond. Elle pose sa main sur mon épaule, comme si elle m'adoubait chevalier.

— Mon petit-fils, tu es un génie ! Je me demande bien de qui tu tiens ça…

Ma grand-mère se gare à la place idéale : sur le parking du port d'Arcachon, tout près de la sortie piétonne.

— Charly, tu es conscient qu'un bon enquêteur ne doit pas seulement être astucieux, qu'il doit également être très patient ?

— Tout à fait, Mamisa. Nous allons organiser un tour de garde.

— Parfait. C'est moi qui commencerai. Et c'est parti pour la contre-opération Vivaldi !

Elle attrape son téléphone, fait un numéro. Puis met sa main devant sa bouche et chuchote :

— Je suis tombée sur le répondeur.

Je l'encourage du regard. Elle laisse un message.

— Bonjour Paul, ici Isa Bourlinguette. Une source bien informée, que je ne peux pas nommer, m'a dit que toutes les personnes mêlées à l'affaire du Spinosaurus étaient mises sur écoute par la gendarmerie. Il paraît que cette

WAS THERE!

histoire fait du tort à la France. On y parle trop de la pollution du Bassin. Ça nuit au tourisme international. Je sais que mon enquête est terminée mais j'ai pensé que c'était mon devoir de vous prévenir. Bonne continuation !

Elle se mord les joues pour se retenir de rire. Une fois qu'elle a éteint, je la félicite.

— Mamisa, je t'ai trouvée très convaincante ! Tu pourrais te présenter au concours de la Comédie-Française !

— Je ne sais pas s'il va y croire. C'est un peu gros, non ?

— Ce n'est pas grave. Ça va lui faire peur. Dans le doute, il va préférer se déplacer que téléphoner à ses complices.

En effet, deux heures plus tard, à la lueur des lampadaires, nous repérons l'homme mince à la chevelure blonde. Il marche d'un pas vif vers la sortie du port. Comme prévu, il vient de traverser le Bassin en bateau. C'est plus rapide qu'en voiture !

J'éteins la lampe de poche avec laquelle je lisais mon livre. Dans la pénombre, Mamisa attrape son panier, et moi mon sac à dos. Nous sortons du camping-car le plus discrètement possible, avant de nous dissimuler derrière.

Paul Laperle passe à deux mètres de nous, de l'autre côté du véhicule. Nous le laissons prendre un peu d'avance et nous entamons notre filature.

Je tente de prendre l'air naturel.

Je ne suis pas sûr de faire mieux que ma grand-mère qui file d'une vitrine à l'autre en s'arrêtant à chaque fois. Comme si elle réfléchissait à une croisière, hésitait sur une nouvelle coiffure, voulait acheter une canne à pêche, avait besoin des horaires de la Poste, envisageait un baptême de l'air en parapente depuis la dune du Pilat, etc.

Heureusement qu'à cette heure-ci et dans ce coin, les passants sont rares.

Association de malfaiteurs

Cinq minutes plus tard, nous sommes plus naturels, mais aussi plus essoufflés. Paul a pressé le pas. Nous ne pensons plus qu'à ne pas nous laisser distancer !

Il franchit un portail ouvert, en direction d'une grande maison blanche aux volets rouges. Il sort une clef de sa poche et pénètre à l'intérieur.

L'identité du lieu me saute aux yeux : **AQUARIUM** est affiché en grosses lettres, **MUSÉE** en plus petites.

— L'aquarium d'Arcachon, j'aurais dû m'en douter, murmure Mamisa.

Nous nous cachons derrière une petite voiture garée dans la cour.

— On va savoir avec qui Paul a rendez-vous, ajoute-t-elle. Et connaître l'identité de ses complices.

Quelques minutes plus tard, nous avons une première surprise. Deux jeunes femmes à l'allure sportive, l'une très brune, et l'autre encore plus brune, se dirigent du même pas rapide vers le perron de la maison. Elles entrent directement, sans sonner.

Elles sont suivies de près par une troisième jeune femme du même âge, plus grande et plus ronde.

Nous attendons encore cinq minutes, pour le cas où il y aurait des retardataires. Mais si on attend trop, les oiseaux risquent de s'envoler du nid !

De manière téméraire, Mamisa met sa main sur la poignée et pousse la porte. Qui s'ouvre.

Je ne peux que la suivre, en tant que bras droit, garde du corps et petit-fils.

Nous sommes dans un corridor au carrelage ancien. Je regarde surtout mes pieds. Je ne veux pas trébucher dans le noir et nous ne pouvons pas allumer la lumière.

Nous entrons dans une salle faiblement éclairée. Je pose ma main sur une surface froide. C'est bizarre, ça vibre…

Je finis par m'habituer à l'obscurité.

— Au secours !

Je n'ai pas pu m'empêcher de crier. Des dents de requins s'entrechoquent, à quelques centimètres de mes doigts ! Bien qu'un centimètre de vitre nous sépare, je tremble comme une feuille morte.

— Qui est là ? demande une voix de femme en allumant le plafonnier.

Nous clignons des yeux, éblouis.

— Isa ! Charly ! Qu'est-ce que vous faites là ? demande Kam.

— Il faut qu'on parle, répond Mamisa avec aplomb.

Surprise, Kam nous conduit dans la pièce voisine. Une table de réunion rassemble Sam, Paul et la quatrième personne. Je reconnais Zhora Raimi, la journaliste qui a publié le premier article sur le Spinosaurus. J'avais vu une photo de son visage sur le site de son journal.

À notre entrée, ils semblent tous plus surpris les uns que les autres.

— On attend encore quelqu'un ? demande ingénument ma grand-mère.

Les quatre complices échangent un regard, que j'interprète comme un oui.

L'attente me paraît longue car je ne suis pas très à l'aise. Enfin, on entend des pas dans le couloir. Le nouveau venu surgit dans la pièce, tout essoufflé.

— Oh, non ! Pas lui ! s'écrie Mamisa.

Cet homme chauve au teint rouge, c'est Maxence de Petitpré !

— Cette fois, tout le monde est là, je présume, commente ma grand-mère.

De peur d'être interrompue, elle poursuit sans s'arrêter, d'une voix de stentor.

— Chacun de vous a joué la comédie. Vous vous êtes servis de nous et de notre bonne volonté. Paul Laperle, je vous accuse de nous avoir faussement alertés sur le saccage de votre parc à huîtres par un animal marin non identifié, de grosse taille !

L'ostréiculteur rougit.

— Kam et Sam, je vous accuse d'avoir omis de signaler que vous aviez créé une association de malfaiteurs avec Paul Laperle, ici présent. Vous avez examiné la dent, sans nous dire que vous la connaissiez déjà !

La scientifique fronce les sourcils, tandis que la navigatrice hausse les épaules.

— Zhora Raimi, je vous accuse d'avoir falsifié une photo pour donner du crédit à l'hypothèse du Spinosaurus !

La journaliste, pour sa part, lève les yeux au ciel.

SUPER DETECTIVE

— Et vous, Maxence de Petitpré, je vous accuse d'avoir faussement porté plainte pour vol de dent de Spinosaurus et d'autres souvenirs de votre aïeul !

L'arrière-arrière-petit-fils du collectionneur reste impassible, ce qui déconcerte Mamisa pendant un dixième de seconde.

Le plus grand bavard du bassin d'Arcachon en profite pour reprendre la parole.

— Et d'après vous, Madame, pourquoi avons-nous fait tout cela ? demande-t-il très courtoisement.

Ensuite, miracle ! Il se tait, attendant la réponse.

Ce n'est pas un hasard. Il a bien compris que ce serait le meilleur moyen d'embarrasser ma pauvre grand-mère.

— Ah, ah… dit fièrement Mamisa pour gagner du temps. Ah, ah…

En quête d'un soutien, elle se tourne automatiquement vers moi.

Et là, soudain, je comprends tout !

— Vous vouliez ouvrir un débat national et international sur la pollution du bassin d'Arcachon ! dis-je.

Le silence se fait. Je croise le regard stupéfait de Mamisa, Kam, Sam, Paul, Zhora, Maxence.

— C'est exactement ça, avoue ce dernier. Je dois reconnaître que vous formez une équipe surprenante, tous les deux. Nous ne pensions pas avoir à faire à si forte partie !

Les amis du Spinosaurus

Le lendemain soir, nous entrons dans un studio d'enregistrement. L'équipe de l'opération Vivaldi a été invitée par l'antenne locale d'une télé nationale.

Mamisa et moi nous installons derrière les techniciens, de l'autre côté de la vitre. Ça m'intéresse d'observer leurs gestes. Quant à ma grand-mère, elle tient à préserver notre anonymat.

Face à nous, les cinq coupables sont installés en demi-cercle, dans de grands fauteuils de cuir rouge. Assise au milieu, Zhora a préparé une liste de questions.

L'un après l'autre, Paul, Kam, Sam et Maxence expliquent clairement pourquoi la pollution augmente dans le Bassin, quels dégâts cela cause sur la faune et la flore.

— Aujourd'hui, si un Spinosaurus voulait s'installer chez nous, il mourrait rapidement, conclut Maxence. En attendant, ce sont tous les autres animaux marins qui disparaissent : les hippocampes, les étoiles de mer, les dauphins, les…

— Tout le monde est contre la pollution, le coupe Zhora avant qu'il ait dressé la liste de milliers d'autres animaux marins, petits et grands. Mais chacun est convaincu que c'est à son voisin de faire un effort. Qu'en pensez-vous, Sam ?

— C'est exactement ça. Personnellement, je protège la coque de ma pinasse avec un produit un peu moins efficace, mais qui ne pollue pas.

— Je me passe de voiture, explique Kam. Je me déplace à vélo ou en transports en commun.

— J'ai échangé mon bateau à moteur pour un voilier, raconte Maxence.

Il semble parti pour une longue histoire à ce sujet, mais Zhora lui indique aimablement qu'il ne reste plus beaucoup de temps pour l'émission. Elle donne la parole à Paul.

— Nous avons créé une association : **Les amis du Spinosaurus**. N'hésitez pas à nous rejoindre ! Nous allons mener des actions pacifiques pour alerter tout le monde. Jusqu'à ce que la situation change.

— Il n'y a pas de fatalité, conclut Zhora. Sauver le bassin d'Arcachon, c'est tout à fait possible !

Dans la cabine, le technicien coupe l'image et le son. Le générique apparaît sur l'écran.

— C'était très intéressant, dis-je en rejoignant le groupe.

— Ça donne envie d'agir, admet Mamisa.

Pour une personne aussi enthousiaste, ce compliment est super mou.

— Merci pour vos encouragements, dit Kam, qui ne se doute de rien.

Maxence s'éponge le front.

— Je sais que je peux être un peu bavard. Mais je déteste être interrompu.

— Moi je déteste parler en public, explique Sam. Il fallait vraiment que je sois motivée !

— L'émission était réussie. Pour fêter ça, apéritif sur la plage ! lance Zhora.

Un quart d'heure plus tard, nous sommes assis en rond dans les premiers rayons du soleil couchant, sur le sable doux, autour d'une bouteille de champagne et d'une cannette de mon soda préféré. Parfois, des promeneurs passent en évoquant le Spinosaurus.

Les témoignages de rencontres continuent d'arriver sur Internet, illustrés de nouvelles photos floues. Malgré tous les démentis, le monstre d'Arcachon poursuit son existence dans l'imagination des gens.

— J'ai une déclaration à faire, dit Mamisa.

Paul, Kam, Sam, Maxence et Zhora se tournent vers elle en souriant. Ils doivent imaginer qu'elle va les féliciter pour l'efficacité de leur action. Mais pour moi qui la connais bien, je sais que ce n'est pas le cas.

— Vous nous avez lâchement manipulés, Charly et moi, s'écrie-t-elle avec flamme. Vous nous avez raconté un nombre incroyable de mensonges !

Nos cinq coupables se tortillent, mal à l'aise.

— On ne pouvait plus attendre, le problème est devenu trop grave, proteste Sam.

— C'est difficile d'attirer l'attention des grands médias, renchérit Zhora.

— C'était pour la bonne cause, dit Paul. Pour le bien de tous.

— La fin justifie les moyens, tranche Kam.

— Et d'abord, tout le monde ment, assure Maxence.

La moutarde me monte au nez. Je me lève.

— Ma grand-mère a raison. Vous avez joué aux apprentis sorciers ! Comment peut-on avoir confiance en vous, si vous commencez par raconter des mensonges ? Comment les gens vont vous prendre au sérieux, s'ils apprennent un jour que vous avez inventé le Spinosaurus ?

Personne ne trouve quoi répondre à ça. J'en profite pour prendre ma grand-mère par le bras.

— Tu viens, Mamisa ?

— Mon petit-fils a tout dit, ajoute-t-elle avec dignité, avant de me suivre. Nous vous laissons méditer ses sages paroles.

Nous quittons la plage, marchons dans les rues, montons dans le camping-car. Là, je souffle. Une dispute généralisée aurait pu dégénérer dangereusement : Mamisa aurait pu sortir les poings.

Au lieu de ça, elle s'installe au volant, toute tranquille.

— On va dans ton spot préféré, Charly ?

— Excellente idée !

— On a bien mérité de vraies vacances. Notre enquête a été rondement menée. Je ne me suis pas ennuyée une seule seconde !

Moi non plus. J'ai excellement protégé ma grand-mère.

En démarrant, Mamisa se tourne vers le panier d'osier, posé entre nous. Elle interpelle l'écharpe roulée en boule :

— Qu'est-ce que tu en penses, Titou ?

Et elle me lance un clin d'œil.

FIN